LES ÉDITIONS ZONE DE DANGER PRÉSENTENT

ATTENTION DANGER !

par le DOCTER NOËL ZONE
« PLUS GRAND DANGÉROLOGUE DE TOUS LES TEMPS »

David O'Doherty
illustré par Chris Judge

Traduit de l'anglais (Grande-Bretagne)
par Yves Sarda

Un manuel pour éviter tous les **DANGERS**

La Martinière j. FICTION

Édition originale publiée en 2014 sous le titre *Danger is Everywhere*
par the Penguin Group, Penguin Books Ltd, Londres.

Pour la traduction française :
Mise en page : Philippe Duhem

ISBN : 978-2-7324-7954-5

www.lamartinierejeunesse.fr

Conforme à la Loi n°49-956 du 16 juillet 1949
sur les publications destinées à la jeunesse.

Cet ouvrage est dédié à Gretel, ma voisine.
J'espère qu'elle l'apprendra un de ces jours.

Docter Noël Zone

Mille mercis à tous ceux qui m'ont donné leur avis pendant que je travaillais à ce livre.

« J'ai déchiré les pages et m'en suis servi pour nettoyer mon VTT. Sortez de mon magasin et n'y remettez plus jamais les pieds SVP. »

Alfie Donohoe, marchand de vélos

« On n'a pas pu brûler votre livre dans la gazinière de notre hutte parce qu'une girafe avait déjà pissé dessus. »

Roxanne Cantwell, gardienne de zoo

« Je l'ai glissé sous le pied de mon bureau pour l'empêcher d'être bancal. C'est la seule chose à dire de votre livre ou manuel ou quoi ou qu'est-ce. »

Saskia Hill-Candles, bibliothécaire

« Comment osez-vous suggérer qu'il y ait des vampires parmi le corps enseignant de mon établissement ! »

M. Staples, directeur d'école

(SANS DOUTE UN VAMPIRE)

« BLAIREAU ! CRÂNE D'ŒUF ! »

gamins du quartier

Je n'ai encore eu aucun retour de Gretel.

INSTRUCTIONS IMPORTANTES POUR LIRE CE LIVRE
NOËL

INSTRUCTION 1

S'assurer de le lire dans un **ENDROIT SÛR**.

EXEMPLES D'ENDROITS SÛRS OÙ LIRE CE LIVRE

1. Au lit, après avoir vérifié **QU'UN TIGRE NE DORT PAS** en dessous.

NOTE : Si vous avez un chat, **ASSUREZ-VOUS QUE CE N'EST PAS UN TIGRE**.

Comment vérifier que son chat n'est pas un tigre est un problème que nous aborderons **PLUS LOIN**.

2. Appuyé contre un arbre.

NOTE : S'ASSURER QUE C'EST BIEN UN ARBRE ET PAS UNE ÉNORME DIONÉE ATTRAPE-MOUCHE OU UNE PLANTE CARNIVORE.

HAIE DÉVORANTE

On y entre pour retrouver un ballon perdu et on n'en ressort jamais.

BAMBOUS MÂCHEURS

Ils poussent très vite autour de vous.

PANAIS AFFAMÉS

Disons simplement qu'ils n'aiment pas qu'on les déterre.

3. Assis sur une chaise.

ATTENTION : SE TENIR DROIT ! NE PAS S'AFFALER ! S'AFFALER EST TRÈS MAUVAIS POUR LE DOS.

À la longue, s'affaler est juste aussi mauvais que ces autres exemples.

Note : s'assurer également que sa chaise n'est **PAS** en feu.

EXEMPLES D'ENDROITS DANGEREUX OÙ LIRE CE LIVRE

1. Sur une bicyclette, poursuivi par des guêpes.
Ou simplement **SUR UNE BICYCLETTE.**
(JE DÉTESTE LES BICYCLETTES !)

2. Dans une cage à requins, déguisé en sandwich.
(LES REQUINS ADORENT LES SANDWICHES.)

3. Sur une chaise en feu.

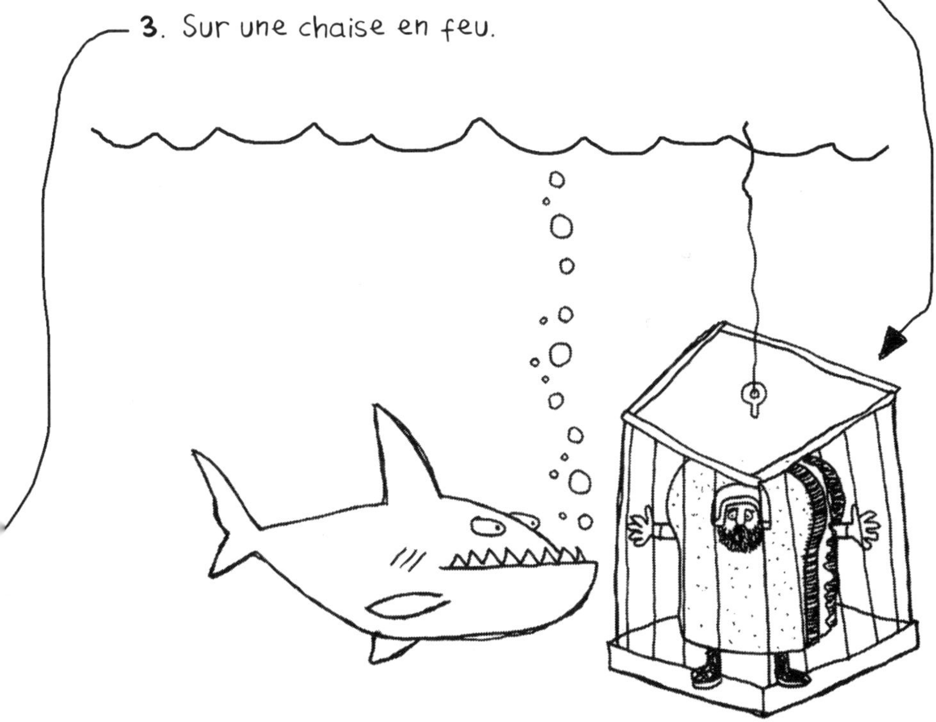

INSTRUCTION 2

VÉRIFIER QU'IL N'Y AIT PAS DE SCORPIONS.

Vous pensez sans doute que lire un livre est un acte sans danger.
Personne n'a jamais été blessé en lisant un livre, croyez-vous sans doute.

FAUX

FAUX

FAUX

QUI A TOUT FAUX x 1 000 000 ?
VOUS.

Si vous croyez être en sécurité, alors vous n'avez jamais entendu parler du

SCORPION DE LA PAGE 17,

une atroce et horrible bestiole qui aime bien vous guetter à la page 17 de tous les livres, et qui, quand vous ouvrirez cette page **VOUS SAUTERA AU NEZ ET S'Y ACCROCHERA.**

Si bien qu'à partir de là, vous devrez expliquer à tout un chacun que vous ignoriez tout du

SCORPION DE LA PAGE 17

et que c'est pour ça que vous l'avez au milieu du visage, en train de vous injecter du poison avec sa queue.

COMMENT VÉRIFIER S'IL Y A UN SCORPION EN PAGE 17

1. Fermez le livre lentement et posez-le sur le sol.

2. Sautez à pieds joints sur le livre à plusieurs reprises, comme sur un petit trampoline sans ressort.

3. Si vous entendez un crissement ou un craquement, **FÉLICITATIONS, VOUS AVEZ SAUVÉ VOTRE NEZ.**

Passez maintenant à **L'INSTRUCTION 3.**

INSTRUCTION 3

NE PAS LIRE CE LIVRE TROP VITE !

Ce livre est rempli de renseignements fascinants. On peut, en le trouvant tellement incroyable et intéressant, le feuilleter plus vite que n'importe quel autre livre qu'on ait jamais lu.

ATTENTION !

Si on le lit trop vite, dehors, par une chaude journée, avec le soleil qui tape,

LE LIVRE RISQUE DE S'ENFLAMMER.

Donc, c'est une bonne idée d'avoir un extincteur ou un seau d'eau à portée de main, au cas où l'on sente le brûlé ou qu'on voie les pages dégager de la fumée.

VOUS POUVEZ MAINTENANT LIRE CE LIVRE.

MERCI.

NON,
J'Y CROIS PAS :
VOUS AVEZ DÉJÀ
COMPLÈTEMENT
OUBLIÉ
LE SCORPION
DE LA PAGE 17.

INTRODUCTION

SALUT, LECTEUR, LECTRICE.

Je m'appelle le Docter Noël Zone et je suis

DANGÉROLOGUE.

En fait, je suis

LE SEUL ET UNIQUE DANGÉROLOGUE AU MONDE.

Je sais que c'est vrai car c'est moi qui ai inventé le mot **DANGÉROLOGUE.**

Donc, on peut dire que

JE SUIS LE PLUS GRAND DANGÉROLOGUE DU MONDE.

Ou même :

DOCTER NOËL ZONE :
LE PLUS GRAND DANGÉROLOGUE DU MONDE
ET DE TOUS LES TEMPS.

Merci.

↓

Notez aussi que je suis **DOCTER**, et pas **DOCTEUR**.

Un docteur doit passer des années à apprendre à être docteur.

Je me suis donné le titre de **DOCTER** afin de pouvoir concentrer toute mon énergie à être **DANGÉROLOGUE**.

Ça m'a fait gagner du temps et presque personne ne remarque la différence.

C'EST QUOI, UN DANGÉROLOGUE ?

Un **DANGÉROLOGUE** est une personne qui est spécialiste en **DANGÉROLOGIE**.

C'EST QUOI LA DANGÉROLOGIE ?

LA DANGÉROLOGIE, c'est le champ de compétence d'un **DANGÉROLOGUE**.

EXPLIQUEZ SVP CE QU'EST UN DANGÉROLOGUE, SANS UTILISER LE MOT « DANGÉROLOGIE » ?

Oh, O.K. Là où vous voyez sans doute le monde comme un endroit excitant où partir à l'aventure en roulant à bicyclette, un **DANGÉROLOGUE** le voit comme un endroit affreux où des choses terribles peuvent arriver, **TOUT LE TEMPS**.

ÊTES-VOUS CONTRE LE FAIT QU'ON S'ÉCLATE ?

Non ! Non, non, non et non ! **JE N'AI RIEN CONTRE L'ÉCLATE.** Pas du tout. Mais le problème, avec l'éclate, c'est qu'on oublie tout le temps que

LE DANGER EST PARTOUT

EXEMPLE :

Vous aimez sans doute grimper aux arbres.
C'est l'éclate de faire ça, à votre avis.

EH BIEN, DITES-MOI SI ÇA, C'EST L'ÉCLATE ?

1.

Vous grimpez dans un arbre, mais à mi-chemin, vous tombez sur **UN AIGLE GÉANT PERCHÉ LÀ.**

2.

Vous commencez à redescendre, mais il vous saisit dans son bec et vous emporte dans son **REPAIRE SECRET** au cœur de la forêt.

3.

Là, il vous oblige à couver son **ŒUF D'AIGLE GÉANT PENDANT DES MOIS,** en vous nourrissant de temps en temps de **VERS DE TERRE,** que vous êtes bien obligé de manger parce qu'**IL N'Y A RIEN D'AUTRE AU MENU.**

4.

Puis, quand le bébé aiglon géant finit par éclore, celui-ci vous prend pour sa mère et vous câline encore une bonne semaine.

5.

Et pour finir, il s'envole et vous plante là, très loin de tout et surtout du terminus de bus.

6.

Donc, ça vous prend une éternité pour rentrer et **C'EST AUSSI TRÈS CHER** (billet de train + ticket de bus).

ÇA VOUS PARAÎT TOUJOURS AUTANT L'ÉCLATE ?
RÉPONSE = NON

COMMENT ÊTES-VOUS DEVENU DANGÉROLOGUE ?

Excellente question. Je travaillais comme **MAÎTRE-NAGEUR DANS UNE PISCINE.**
La piscine affichait toutes les consignes de sécurité habituelles :

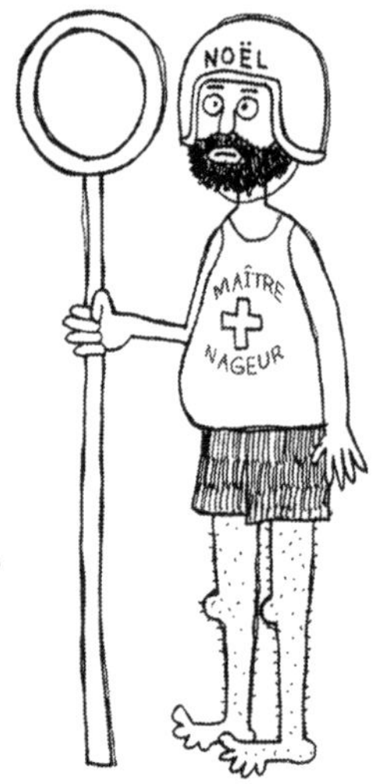

Interdit de plonger

Interdit de courir

Interdit de pousser

Interdit de sauter

Interdit de pisser en douce

Interdit de se rouler des pelles

Mais bientôt, j'ai perçu des tas d'autres dangers contre lesquels n'existait pas de mise en garde.

MARCHER autour et sur le bord du bassin est dangereux

ENTRER DANS L'EAU est dangereux.

NAGER EST EN LUI-MÊME TRÈS DANGEREUX.

J'AI DONC INTERDIT TOUT ÇA.

En fait, j'ai interdit tout mouvement et déplacement. Mais alors un nouveau problème a surgi. Si on ne bouge pas quand on est dans l'eau, on coule à pic.

CE QUI EST ENCORE PLUS DANGEREUX.

Je devais donc aller à la rescousse des baigneurs avec une longue perche munie d'un anneau au bout, un genre de version mahousse d'un appareil à bulles. Pendant un moment, j'ai été un sauveteur très occupé, donnant des coups de sifflet pour empêcher les baigneurs de bouger, puis allant à leur secours avec mon anneau à bulles géant.

Et puis j'ai pris conscience que le vrai problème des piscines, c'est :

L'EAU !

L'eau rend tout humide et glissant. Elle peut vous entrer dans la bouche et les oreilles, vous remonter par le nez. Elle peut vous fatiguer beaucoup si vous nagez dedans.

L'eau rend tout **DANGEREUX.**

La solution était simple :
J'AI VIDÉ TOUTE L'EAU.

J'ai vidé complètement la piscine. On pouvait toujours y entrer, mais en descendant prudemment une échelle, puis s'étendre sur le carrelage froid au fond du bassin vide en maillot et bonnet de bain.

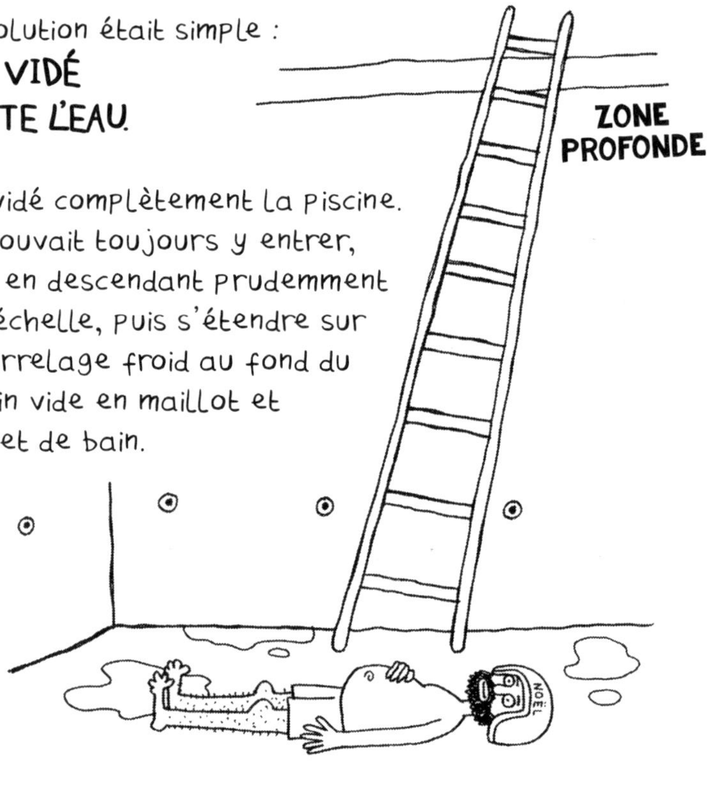

Bientôt, plus personne n'est venu à ma piscine et elle a dû fermer. **J'EN AI ÉTÉ RAVI.** J'avais réussi à rendre un endroit dangereux

PLUS DANGEREUX DU TOUT.

Merci.

QUEL EST L'INTÉRÊT DE CE LIVRE ?

Voici une autre très bonne question. **MERCI DE ME L'AVOIR POSÉE !**

Ce livre a **DEUX BUTS PRINCIPAUX :**

1. Vous rappeler que

LE DANGER EST PARTOUT

2. Faire de **VOUS** un **DANGÉROLOGUE** (Niveau 1).

MOI ? UN DANGÉROLOGUE ! COMMENT ?

Si vous réussissez à aller jusqu'au bout de ce livre sans qu'il **S'ENFLAMME** ou que vous n'ayez été **ATTAQUÉ EN AUCUNE MANIÈRE** et que sa lecture ne **VOUS A PAS TROP TERRIFIÉ**, alors vous pourrez passer le **EDDADDUDPJ** de la page 240

(**E**xamen **D**e **D**angérologie **A**fin **D**e **D**evenir **U**n **D**angérologue **P**ur **J**us).

Si vous répondez juste à toutes les questions, on vous autorisera à signer le **DDD** de la page 249 (**D**iplôme **D**e **D**angérologie Niveau 1).

Ce qui signifie que vous pourrez vous aussi vous appeler **DANGÉROLOGUE** (Niveau 1) et fabriquer votre propre **M**ini-**D**ossard **D**e **D**angérologie **(MD-DD)** →

et faire précéder votre nom du titre de **DOCTER**.

NOTE : JE SUIS UN DANGÉROLOGUE (NIVEAU 5), DONC VOUS NE SEREZ PAS AUSSI BON QUE MOI,

mais bon, c'est un début.
Et ensemble, nous pourrons montrer au monde que

LE DANGER EST PARTOUT

merci

Docter Noël Zone

LE PLUS GRAND DANGÉROLOGUE DE TOUS LES TEMPS
(voisin de Gretel)

INCROYABLEMENT IMPORTANT !

INCROYABLEMENT IMPORTANT !

★ LPSDD ★

(Langage Programmatique Spécial De Dangérologie)

En tant que **EED** (Élève En Dangérologie) vous devrez vous habituer au **LPSDD** (Langage Programmatique Spécial De Dangérologie).

La **VDUD** (Vie D'Un Dangérologue) peut être très occupée à :

★**GLD** (Guetter Le Danger),

★**DUPDD** (Désigner Une Possibilité De Danger)

★**SAQINYACADLOTLMEQSQINYEAA** (S'Assurer Qu'Il N'Y A Carrément Aucun Danger Là Où Tout Le Monde Est Quasi Sûr Qu'Il N'Y En A Aucun).

On n'a souvent pas le temps d'utiliser les mots en entier.

EXEMPLE : Vous êtes en pique-nique avec des amis dans un coin tranquille à la campagne quand soudain, un **GUÉPARD** surgit de la forêt.

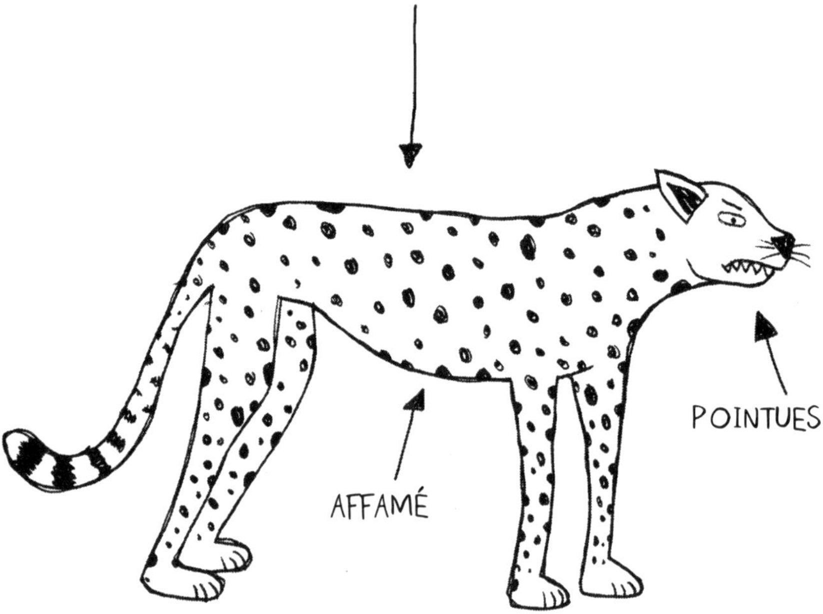

Une **PQNEPEED** (**P**ersonne **Q**ui **N**'**E**st **P**as **É**lève **E**n **D**angérologie) dirait vraisemblablement :

« OH NON ! C'EST UN GUÉPARD QUI SURGIT DE LA FORÊT ? COMME C'EST INATTENDU. EST-CE QU'IL EN VEUT À NOS SANDWICHES ? NON, VOYONS. IL A ENVIE DE MANGER... AAAAARGH... AAAAARGH AAAAARGH ! »

Et à ce stade, inutile de vous dire ce qui s'est passé.

(**INDICE :** fissa, fissa, fissa, niak, niak, niak.)

Mais un **EED** ou un **DPJ** (**D**angérologue **P**ur **J**us), voyant ça arriver, saura qu'il faut crier :

« **CEUAG !** », ce qui veut dire en raccourci :
« Ceci Est Une Alerte Guépard ! »

Alors tous les autres **EED**s ou **DPJ**s présents sauront qu'il leur faut se lever et **SE METTRE À DANSER.**

Les guépards, comme tous les grands félins et les invités grognons dans les mariages,
SONT TERRORISÉS PAR LA DANSE.
Ça les effraie davantage que la vision d'un guépard par quelqu'un qui n'est pas un **EED/DPJ.**

L'animal tournera aussitôt les talons et détalera à toute vitesse dans la forêt.

Comme vous le verrez, ce livre recourt souvent au **LPSDD.**
Suit ici un bref guide basique :

APPAeAAA

Très important. Raccourci pour :
(Avis Pour Prévenir Attaques et Autres Agressions Animales).
À prononcer comme un cri : APPAeAAA ! Avec un léger ralentissement sur le « é ».

Ce livre contient plein de **APPAeAAA**
ainsi que quelques

TTDTPETDAQ

(Top Ten Des Tuyaux Pour Éviter Tout Danger Au Quotidien).
Si bien que si vous partez en vacances, par exemple, il faut vérifier
le **TTDTPETDAQ** ainsi que les **APPAeAAA** de votre lieu de villégiature
afin de savoir quelles bêtes sauvages dangereuses on peut trouver dans le coin. Il faut profiter de ses vacances. Mais il faut aussi les planifier

EMLASLS

(En Mettant L'Accent Sur La Sécurité).

PAPA

En **DANGÉROLOGIE**, votre **PAPA** n'a rien à voir avec votre père, c'est votre **P**anoplie **A**nti-**P**érils **A**utomatique.

Il s'agit d'un sifflet, à porter autour du cou, pour signaler aux autres **DANGÉROLOGUES** qu'il y a du **DANGER** dans les environs.

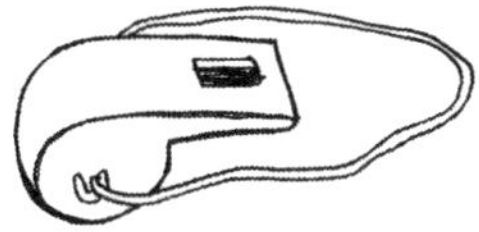

ATTENTION ! Ne jamais emporter votre **PAPA** à un match de foot.

Les joueurs cesseront tous de jouer et le public sera mécontent.

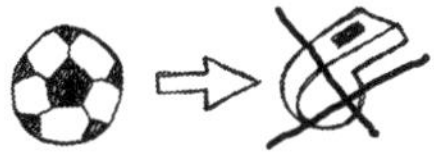

GARE ! Ne vous procurez pas un **PAPA** au sifflet trop aigu. Il risque de faire office de signal aux chiens des environs, rendant une situation dangereuse plus dangereuse encore.

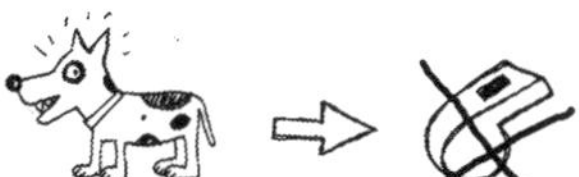

PRUDENCE ! Votre **PAPA** n'est pas votre **DDD**, à savoir votre **D**iplôme **D**e **D**angérologie, que vous n'obtiendrez que si vous réussissez votre **EDDADDUDPJ**.

★ NSDLPSD ★

(Niveau Supérieur De Langage Programmatique Spécial Dangérologie)

PDTD

(Pas Du Tout Délicieux)

Avertissement de ne pas manger quelque chose.

RED

(Réellement Extrêmement Délicieux)

Le contraire de **PDTD**.

Par exemple : « Ce gâteau est **PDTD**, mais ce chou est **RED**. »

NOTE : Ceci ne veut pas dire que ce chou est du chou rouge*. Cela signifie qu'il est **R**éellement **E**xtrêmement **D**élicieux.

Pour être sûr que les autres comprennent que vous voulez bien dire **RED**, il faut le prononcer un poil plus fort.

NOTE 2 : Le chou est vraiment **RED**. C'est mon légume préféré et aussi un exemple de **CAPDDT** (Chose Absolument Pas Dangereuse Du Tout).

* *Red* veut dire « rouge » en anglais.

BDSP

(Banane De Secours Perso)

Chaque **DANGÉROLOGUE** se doit d'avoir une **BDSP** autour de la taille, bourrée d'importants **EGAD**s (**É**quipements/**G**adgets **A**nti-**D**anger).

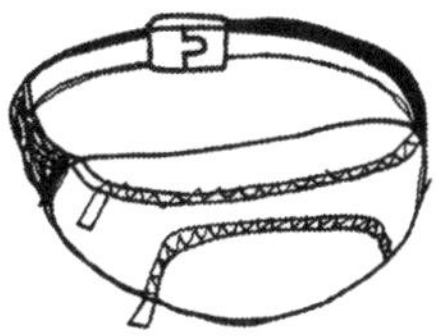

MDDD

(Mini-Dossard De Dangérologie)

Il sert de badge nominatif aux **DANGÉROLOGUES.**

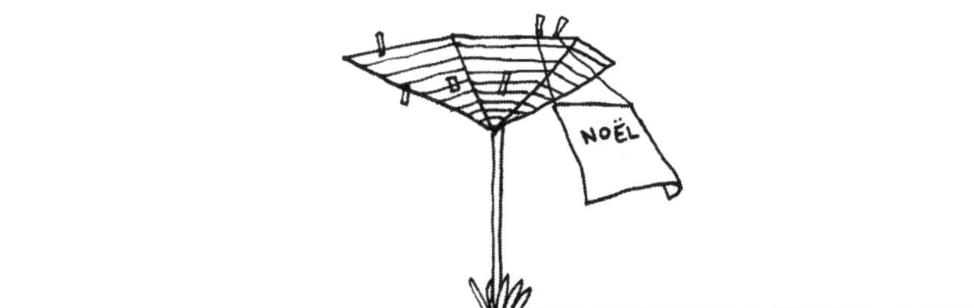

CID

(C'est Incroyablement Dangereux !)

Phrase que les **DANGÉROLOGUES** disent très souvent.

PSD

Le contraire de **CID**, c'est **PSD**

(Pas Spécialement Dangereux).

Entre les deux, il y a **DUPPD** (Devenant Un Poil Plus Dangereux).

Très occasionnellement, on rencontre quelque chose de si dangereux que **CID** ne **SUFFIT PAS**.

Le **LPSD** que l'on conserve pour ces rares occasions est :

VAD

c'est-à-dire **V**raiment **A**ffreusement **D**angereux.

S'il semble que votre journée risque de comporter quelque chose de **VAD**,

autant peut-être **RAL** (**R**ester **A**u **L**it).

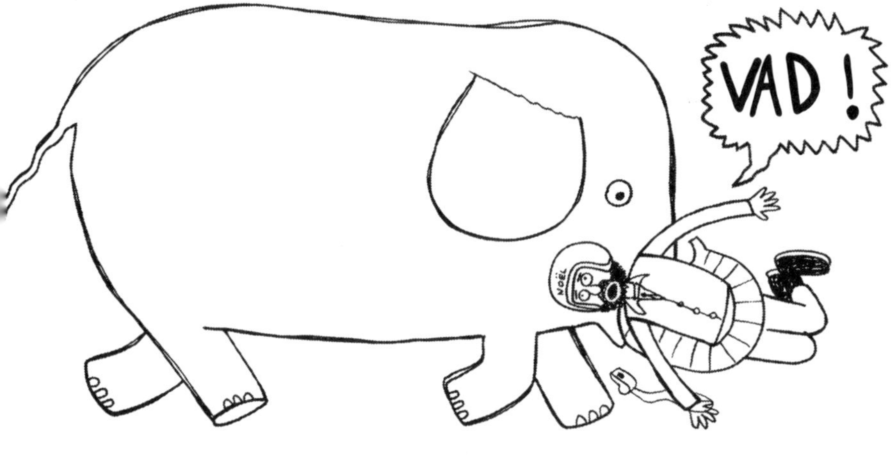

PDUDC

(Page D'Urgence De Calme)

Même si le but de ce livre est de vous **APPRENDRE**
que

LE DANGER EST PARTOUT,

certaines de ses parties peuvent aussi vous **TERRIFIER** au point que vos mains tremblent et que vous ne puissiez pas vous résoudre à tourner la page.

Ce qui risque d'entamer sérieusement vos chances de réussir le **EDDADDUDPJ** et d'obtenir votre **DDD**.

Au cas où à n'importe quel stade, ça devient **TROP FLIPPANT**,

j'ai intégré cette page, **PDUDC**,

qui est la plus calmante et la plus relaxante à laquelle je peux songer.

Sentez-vous libre de revenir à cette page **À N'IMPORTE QUEL STADE** et de fixer cette image jusqu'à ce que vous vous sentiez O.K. pour continuer. Si vous flippez encore après l'avoir fixée cinq minutes, vous devriez sans doute vous étendre et peut-être **RAL** le reste de la journée.

BON, COMMENÇONS

LE DANGER EST PARTOUT

dans un lieu très familier.

DANGER DANS LA SALLE DE BAINS

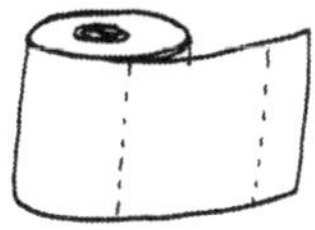

On se sent tellement en sécurité dans sa salle de bains. Papier toilette, serviettes moelleuses et bains moussants à volonté. Rien là de bien dangereux, pensez-vous sûrement.

OH MON DIEU, J'Y CROIS PAS QUE VOUS AYEZ TOUT FAUX À CE POINT.

La salle de bains est la deuxième pièce la plus dangereuse de la maison pour ceux qui ont **UNE RHINOCERIE** (une pièce où vit un vrai rhinocéros – **VAD**) et la plus dangereuse pour tous les autres.

Et ce qui rend la salle de bains **PARTICULIÈREMENT DANGEREUSE**, c'est la fréquence à laquelle on s'y rend **EN ÉTAT DE SOMNOLENCE.**

Tôt le matin et tard le soir sont deux des plus dangereux moments de la journée. Sans oublier :

LES HEURES DES REPAS

– où l'on court les dangers suivants :

se blesser avec les couverts,

se brûler le palais ou la langue avec des aliments trop chauds

et aussi

SI JAMAIS QUELQU'UN, EN TRÉBUCHANT, VOUS ÉCRASE UNE TARTE À LA CRÈME SUR LA FIGURE ?

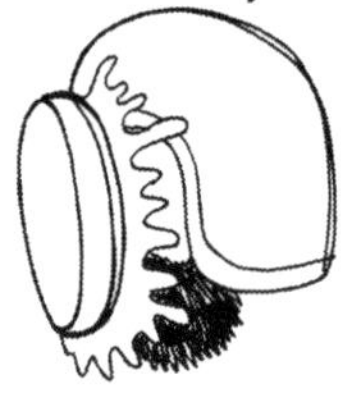

L'APRÈS-MIDI

– qui comporte les dangers suivants :

si on sort,

si on reste à l'intérieur

et partout ailleurs

LE SOIR – qui comporte les dangers suivants :

accidents de damier, d'échiquier et autres jeux de société (par exemple, se retrouver avec un dé coincé dans une narine),

accidents liés aux devoirs à la maison **(ON TRAITERA DU SUJET PLUS LOIN)**

et aussi

TRÉBUCHEMENTS DIVERS

ou

SE PERDRE dans le noir.

En tête de liste des dangers de la salle de bains figure

LE SERPENT BROSSE À DENTS.

C'est un animal extrêmement rare et dangereux, originaire de Belgique. Il ressemble à une brosse à dents et il est connu pour se faufiler dans les salles de bains et guetter en embuscade près du lavabo.

Si on n'y prête pas attention quand on met du dentifrice sur la brosse et qu'on la porte à sa bouche, le serpent brosse à dents vous saute direct de la main

DANS LA NARINE.

QU'ARRIVE-T-IL ALORS ?

Alors – à bien des égards, c'est le pire aspect d'une attaque de serpent brosse à dents – il ne disparaît pas en vous remontant dans le nez,

IL RESTE À PENDOUILLER LÀ, COMME UNE CHANDELLE DE MORVE.

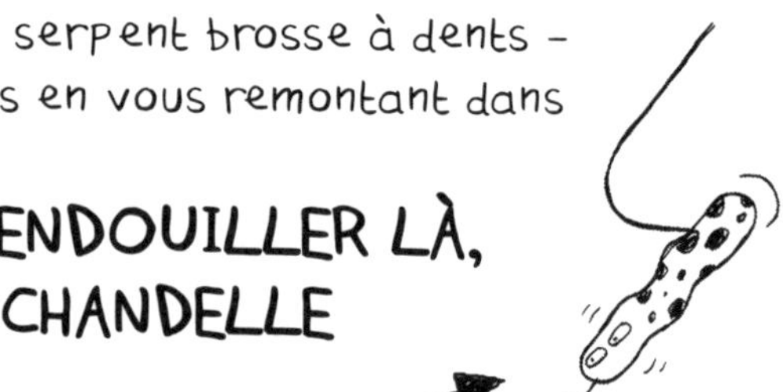

COMMENT SE DÉBARRASSER D'UN SERPENT BROSSE À DENTS ?

Ben, c'est coton. On ne peut pas le retirer en tirant dessus ni à l'aide d'un aspirateur car il s'enfonce dans le nez en s'y calant à son aise.

Il ne réagit pas à la chatouille et on ne peut pas l'expulser comme une crotte de nez en se bouchant une narine.

Non, la seule façon de se débarrasser d'un serpent brosse à dents, c'est avec de la **MUSIQUE**. Mais celle de la radio ne fera pas l'affaire. Il faut jouer soi-même de la trompette ou de tout autre instrument dans lequel on souffle :

DIAGRAMME 1 : Attaque du serpent brosse à dents

DIAGRAMME 2 : Retrait du serpent brosse à dents

MAIS ATTENTION !

Les serpents brosses à dents **DÉTESTENT VRAIMENT LES CHANSONS D'AMOUR.**

Il vaut mieux leur jouer l'hymne national ou « Joyeux Anniversaire » ou un truc de ce genre-là.

O.K. Comment vous sentez-vous après ça ? Pas **TROP EFFRAYÉ**, j'espère, parce qu'il faut que je vous prévienne que ce livre va devenir beaucoup plus terrifiant **À PARTIR DE MAINTENANT.**

ANIMAUX DE COMPAGNIE DANGEREUX

Choisir le bon animal de compagnie est une décision très importante.
Faire le bon choix, c'est avoir un nouveau meilleur ami.

Faire le mauvais, c'est s'acheter un

BILLET SANS RETOUR POUR MORDICUSVILLE, SI VOUS VOYEZ CE QUE JE VEUX DIRE

(à savoir que vous risquez de vous faire bouffer tout cru).

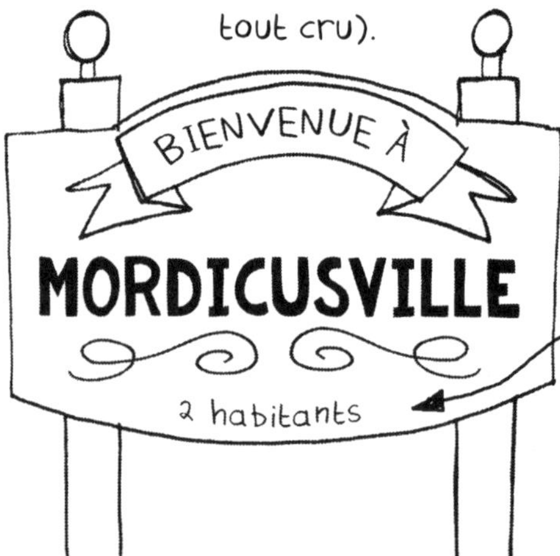

(Bientôt **1** habitant, une fois qu'on vous aura bouffé.)

La question la plus importante à se poser à propos de tout nouvel animal de compagnie, c'est :

OUI, IL A L'AIR MIGNON TOUT PLEIN, LÀ. MAIS À QUOI IL RESSEMBLERA DANS UN AN ?

Un chaton, par exemple :

COMMENT ÊTRE SÛR QUE CE CHAT EST UN CHAT DE GOUTTIÈRE ET PAS UN BÉBÉ TIGRE ?

COMMENT VÉRIFIER SI SON CHAT EST UN TIGRE OU NON

Se poser ces trois questions simples :

1. Mon chat est-il plus gros que celui de n'importe qui d'autre ?

2. A-t-il de très grands crocs et tente-t-il parfois de dévorer les voisins les plus appétissants ?

3. Au lieu de **MIAOU**, fait-il **GRAOORRRRRR** si fort que les soucoupes s'entrechoquent et les tableaux penchent sur les murs ? Sauf quand la télé diffuse une émission sur les tigres et qu'il regarde ses amis en silence, les larmes aux yeux.

Si la réponse à **DEUX** de ces questions est **OUI, ALORS VOTRE CHAT EST CARRÉMENT UN BÉBÉ TIGRE**. Vous devez appeler le zoo de votre quartier **IMMÉDIATEMENT**. Et en attendant l'arrivée du fourgon, **DANSEZ !**
(C'Est Une Alerte Tigre ! **CEUAT ! CEUAT !**)

MON CHIEN EST-IL UN BÉBÉ LOUP ?

Est-ce qu'il hurle **WOOOUUUUUH** à la lune ?

Aime-t-il vraiment les poulets ?
Les poulets disparaissent-ils, dans le coin ?
Votre chien s'éclipse-t-il à la nuit tombée en revenant au matin avec plein de plumes collées sur lui qui sentent la volaille ?

FLASH INFO :
ALORS CE N'EST PAS UN CHIEN ! CEUAL !

MON POISSON ROUGE EST-IL UN GRAND REQUIN BLANC BÉBÉ ?

Est-ce qu'il s'excite vraiment quand vous mangez un sandwich devant lui ?
Quand il a faim, nage-t-il de long en large avec sa nageoire dorsale dépassant de l'eau ?
Lui est-il déjà arrivé de fracasser son bocal et de dévorer un membre de votre famille ?

ALORS CRIEZ « CEUAR ! » ET ENGAGEZ UN VIEUX LOUP DE MER/CHASSEUR DE REQUINS POUR L'ATTRAPER AVANT QU'IL NE BOULOTTE QUELQU'UN D'AUTRE !

MON HAMSTER EST-IL UN BÉBÉ HIPPOPOTAME ?

Est-il **BEAUCOUP** trop gros pour sa roue d'exercice ?

Votre hamster est-il plus gros que **VOUS** ?

Mange-t-il tout son repas d'une seule et puissante bouchée avant de faire un rot plus sonore qu'une moto qui démarre ?

ALORS JE SUIS PRESQUE SÛR QUE CE N'EST PAS UN HAMSTER. CEUAH !

Et aussi **VAD !** À savoir :

ENFUYEZ-VOUS MAINTENANT !

Peut-être devriez-vous prendre un animal de compagnie qui ne fait courir **AUCUN DANGER DU TOUT** – ce qu'on appelle en **DANGÉROLOGIE** un **ADCAI** (**A**nimal **D**e **C**ompagnie **A**bsolument **I**noffensif).

CERTAINS EXEMPLES D'ADCAIs

1. UNE PLANTE VERTE

Elle ne se fera pas les dents sur votre mobilier ni ne fera pipi sur votre lit.
Une plante verte, c'est comme un chien qui ne tournicote pas partout, n'a pas besoin de sa gamelle ni de promenade. Elle se contente de pousser, très lentement.

ATTENTION : Un bananier est une mauvaise idée, cependant. Des **CHIMPANZÉS** pourraient en entendre parler **ET VENIR VIVRE CHEZ VOUS**.

ATTENTION 2 : Éviter les **PLANTES CARNIVORES** et prendre garde au **FAUTEUIL CACTUS**, qui peut infliger une douleur cuisante.

2. UN CHOU

Offre une excellente alternative à un animal de compagnie. J'adore les choux presque autant qu'être en sécurité. Les choux les plus délicieux que j'aie jamais dégustés viennent de la boutique de Gretel, ma voisine.

LA CABANE AUX CHOUX DE GRETEL

Je m'y rends tous les jours en acheter un pour le déjeuner.
Toujours aussi gentille et amicale, Gretel me demande chaque fois comment je vais.
Mais, intimidé, je ne réponds jamais rien.
Je suis quasiment sûr que ce qui me rend nerveux, c'est le risque que son étal de choux s'écroule

ET QU'ON SE RETROUVE TOUS ENGLOUTIS SOUS UNE CHOUVALANCHE

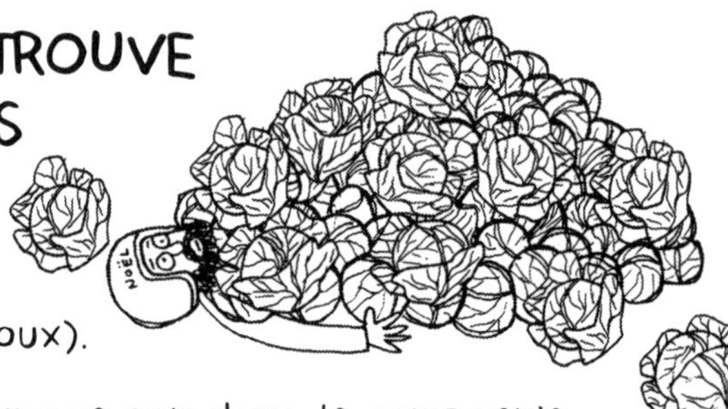

(une avalanche de choux).

CONSEIL : Pour éviter que son chou de compagnie n'empeste, le garder dans sa niche-frigo. Un chou qui pue est **PDTD.**

CONSEIL 2 : Ne pas manger son chou de compagnie par erreur.

Même s'il est **RED.**

3. UN CAILLOU

L'objet de compagnie que j'ai choisi est un caillou. Ça n'a jamais faim et on n'a même pas à le sortir pour qu'il fasse pipi. Les cailloux nécessitent un minimum d'attention. Ajoutez-leur deux yeux en plastique et emmenez-les en balade quand vous voulez en patins à roulettes.

Voici mon caillou de compagnie, Dennis.

Je l'ai depuis cinq ans. Il avait une sœur prénommée Megan. Mais Megan a disparu quand je les ai emmenés nager à la plage. Elle manque énormément à Dennis. Regardez comme ça le rend triste, rien que de penser à elle.

On espère la retrouver un jour. Elle est quelque part là-bas.

DANGER DANS LE CIEL

JOUER AU CERF-VOLANT

Katherine et Millicent, mes nièces, adorent venir chez moi. Regardez comme leurs visages rayonnent de bonheur !

J'essaie de les initier à la **DANGÉROLOGIE**. Mais on dirait bien qu'elles n'ont pas envie d'être des **EED**s. C'est parce qu'elles sont trop jeunes pour comprendre que :

LE DANGER EST PARTOUT

Par exemple, elles adorent jouer au cerf-volant,

CE QUI EST L'UNE DES ACTIVITÉS LES PLUS DANGEREUSES QUI SOIENT.

Imaginez que :

1. Votre cerf-volant soit frappé par la foudre.

2. Votre cerf-volant soit emporté par un aigle.

3. Le vent soit trop fort et vous soulève puis vous lâche en pleine mer.

MAIS quelques **TUYAUX DE SÉCURITÉ DE BASE** font du lancer de cerf-volant un amusement sans danger.

1. NE JAMAIS JOUER AU CERF-VOLANT PAR GRAND VENT.

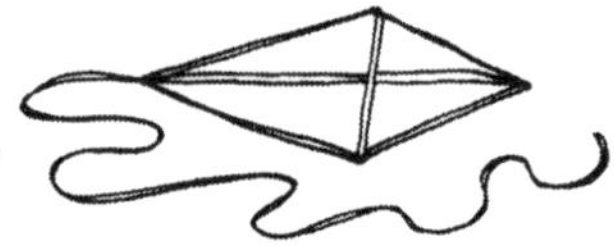

Seulement quand il n'y a pas de vent du tout. Comme ça, il ne pourra pas voler et **IL N'Y AURA PAS DE DANGER.**

2. Découper des trous dans la toile.

C'est un autre excellent moyen de s'assurer qu'il ne volera pas. **OU BIEN,** encore moins dangereux, pourquoi ne pas vous débarrasser du cerf-volant, et en attacher la ficelle à un chou ?

Un chou cerf-volant

(PEUT-ÊTRE UN DES CHOUX DÉLICIEUX DE LA CABANE AUX CHOUX DE GRETEL ?)

3. Pour s'assurer de ne pas être emporté, SE RENDRE LE PLUS LOURD POSSIBLE EN SE LESTANT DE TOUS SES VÊTEMENTS.

Se munir de son caillou de compagnie et remplir ses poches de tous les objets lourds qu'on peut trouver. Faire un très gros repas avant de sortir. Vous pouvez même demander à quelqu'un de vous enterrer dans le sol jusqu'à la taille.

4. Encore mieux : pourquoi ne pas vous asseoir à l'arrière d'une voiture **EN BOUCLANT VOTRE CEINTURE DE SÉCURITÉ** et faire voler le cerf-volant par la vitre de la portière ou à travers le toit ouvrant ?

NOTE : SE MONTRER TOUTEFOIS PRUDENT. Il existe toujours le danger d'un **AVION VOLANT À BASSE ALTITUDE.**

Ce que je recommande, c'est de **RESTER CHEZ SOI**, de s'étendre sur son lit et de **S'IMAGINER ÊTRE EN TRAIN DE JOUER AU CERF-VOLANT.** On peut même coller un morceau de carton au bout d'un balai-brosse. Regardez comme Katherine et Millicent s'amusent !

MERCI, MESDEMOISELLES.

DANGER AU COLLÈGE

MON PROF EST-IL UN VAMPIRE ?

Les vampires sont faciles à repérer avec leurs capes/dents/cheveux en pointe.

Mais l'ayant compris, ils s'habillent aujourd'hui beaucoup moins vampiriquement, et davantage comme des présentateurs de journaux télé.

Le collège est l'endroit rêvé pour que les zombies et en particulier les **VAMPIRES** passent à l'attaque, si bien que lorsqu'on s'y trouve, il faut **GLDer EN PERMANENCE**.

Un truc courant chez les vampires, c'est de se présenter au collège en

SE FAISANT PASSER POUR UN/E NOUVEAU/ELLE PROF.

« Bonjour, M. /Mme Votre Professeur/e Habituel/le ne peut pas venir aujourd'hui

(LA VRAIE RAISON : PARCE QUE JE LES AI MORDUS),

je le/la remplacerai jusqu'à son retour **(C'À D : JAMAIS)** ».

Il y a cinq façons de découvrir si son/sa nouveau/elle prof est un vampire.

1. L'AIL

Chacun sait que les vampires **DÉTESTENT** l'ail. Donc, pourquoi ne pas faire à son nouveau prof **UN CADEAU DE BIENVENUE AILLÉ ?**

Au choix : un pain à l'ail, du poulet à la Kiev ou une corbeille de fruits où tous les fruits sont remplacés par des têtes d'ail.

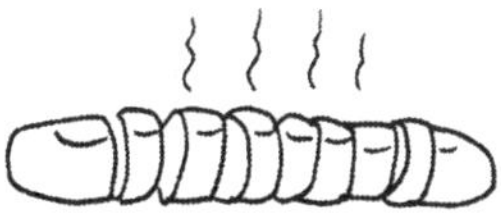

S'il est ravi et vous remercie de cette attention, eh bien vous avez salué l'arrivée au collège de votre nouveau prof par un cadeau de bienvenue sympa. S'il s'enfuit en hurlant de l'établissement, alors

FÉLICITATIONS ! VOUS AVEZ PROTÉGÉ TOUT LE MONDE D'UN VAMPIRE.

2. L'ASPECT RAT DE BIBLIOTHÈQUE

Votre prof mange-t-il du papier ? Je ne veux pas dire : le grignote-t-il sur les bords, mais le déchire-t-il à pleines pages et se le fourre-t-il dans la bouche ? Des bouquins disparaissent-ils souvent et à la suite de ça, votre prof a-t-il l'air rassasié ?

AVEZ-VOUS DÉJÀ SURPRIS VOTRE PROF À PLIER DES PAGES ET À LES TREMPER AU DÉJEUNER DANS SA SOUPE OU LES GLISSER DANS SON SANDWICH ?

Si oui, eh bien, votre prof est sans conteste un vampire. Les vampires adorent manger du papier. C'est ce qui leur fait le teint si pâle.

3. L'EAU GAZEUSE

Un autre fait moins connu concernant les vampires, c'est leur réaction à l'eau gazeuse/pétillante/effervescente. Il arrive souvent qu'un buveur d'eau gazeuse rote un peu.

Mais si un vampire boit de l'eau gazeuse, ça le fait péter.

ET PÉTER PAS QU'UN PEU.

Pas péter autant que le plus fort pet que vous ayez jamais lâché, pourtant. Mais semblable au coup de sirène dont un bateau en mer salue un autre navire ou un phare au passage.

Ou au coup de Klaxon d'un très gros poids lourd qui veut en dépasser un autre sur l'autoroute.

Ou au pet que lâche un vampire en buvant une gorgée d'eau gazeuse.

4. UN RIRE TRÈS MALÉFIQUE

Autre moyen de détecter un vampire, c'est son rire très maléfique.

Moi, comme tant d'autres, je ris comme ça : **Ah ah ah ah.**

Ou parfois, comme ceci : **Hé hé hé hé.**

J'ai entendu rire Gretel de La Cabane aux Choux, et elle rit davantage comme ceci : **Hihihi hihihi.**

Quel joli rire.

Mais les vampires ne rient pas ainsi. Ils rient comme ça :

MOUAHAHAHAHAHAHAHAH.

Et la partie **AHAHAHAHAHAH** s'éternise.

MOUAHAHAHAHAHAHAHAHAHAHAHAHAHAHAHAHAH AHAHAHAH !

Alors racontez une blague à votre prof et tenez prêt un chronomètre.

Vous : Excusez-moi, M. (ou Mme) Rôde-La-Nuit.

M. (ou Mme) Rôde-La-Nuit : Oui, mon petit ?

Vous : Pourquoi une soupe brûlée a-t-elle une ceinture noire ?

M. (ou Mme) Rôde-La-Nuit : Eh bien, pourquoi, mon petit ?

Vous : Parce que c'est une soupe qu'a raté **(PRONONCER : « KARATÉ »)**.

Et maintenant déclenchez le chrono.

MOUAHAHAHAHAHAHAHAH...

Si ce rire dépasse dix secondes

ALORS TIREZ-VOUS DE LÀ CAR M. (OU MME) RÔDE-LA-NUIT EST UN VAMPIRE.

5. LA TRANSFORMATION EN CHAUVE-SOURIS

Pour finir, le meilleur moyen de savoir si votre prof est un vampire, c'est de découvrir s'il se transforme en chauve-souris. Les vampires ne savent pas conduire et, en général, ils ne prennent pas le bus. Ils se déplacent soit en se transformant en chauve-souris **SOIT EN SEGWAY.**

POSEZ-VOUS LES QUESTIONS SUIVANTES :

A. AVEZ-VOUS DÉJÀ VU VOTRE PROF SE TRANSFORMER EN CHAUVE-SOURIS À LA FIN DES COURS ?

B. VOTRE PROF EST-IL DÉJÀ ARRIVÉ EN RETARD ET SOUS LA FORME D'UNE CHAUVE-SOURIS ?

C. VOTRE PROF VIENT-IL AU COLLÈGE EN SEGWAY ?

Si la réponse à ces questions est **OUI,**

ALORS VOTRE PROF EST CERTAINEMENT UN VAMPIRE.

Vite, courez prévenir le directeur.

Non, attendez. **ASSUREZ-VOUS D'ABORD QUE LE DIRECTEUR N'EST PAS UN VAMPIRE LUI AUSSI.**

BRAVO !

Vous êtes extrêmement courageux d'être arrivé jusqu'ici.
Mais je crains un peu que vous ne pensiez avoir dépassé la partie la plus effrayante.

VOUS NE POUVEZ PAS ÊTRE DAVANTAGE DANS L'ERREUR.

Nous n'en sommes qu'à la page 61, et dans ce livre

comme **DANS LE MONDE,**

LE DANGER EST PARTOUT

CONTINUONS AVEC NOTRE PREMIER
Top Ten Des Tuyaux Pour Éviter Tout Danger
Au Quotidien
DANS UN ENDROIT TRÈS DANGEREUX.

TTDTPETDAQ

AU SUPERMARCHÉ

1. Préparez votre virée **AVEC SOIN.**

Dessinez un **PLAN DÉTAILLÉ** du magasin et des rayons que vous allez visiter en précisant l'heure d'arrivée prévue dans chacun.

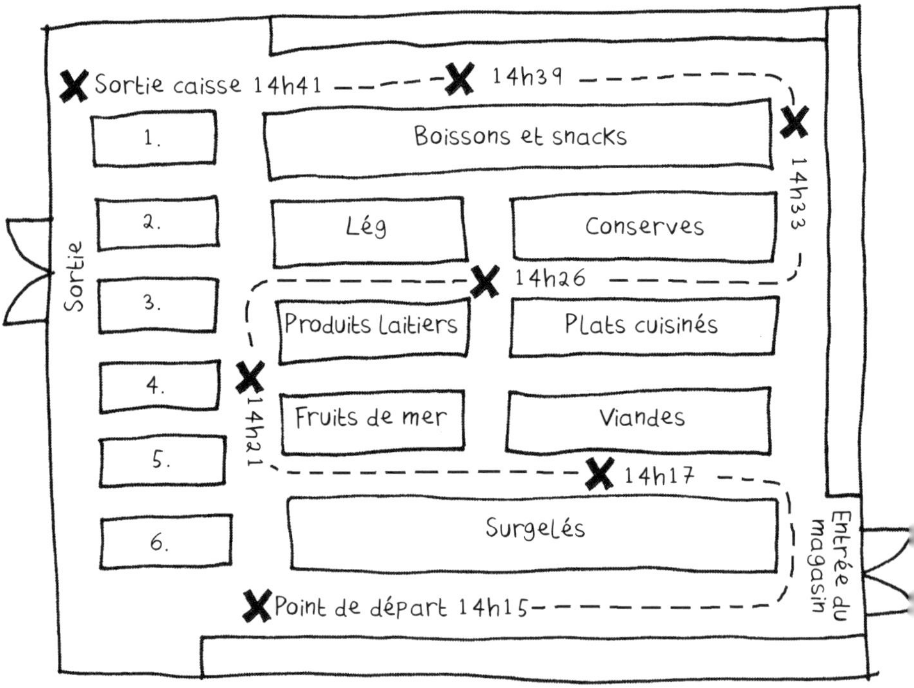

2. Procédez à UN APPEL dans chaque rayon pour vous assurer que tous les membres de votre groupe de courses y sont arrivés

SAINS ET SAUFS ET DANS LES TEMPS.

3. Évitez de perdre les membres de votre groupe en vous reliant à chacun d'eux par une longueur de corde. Assurez-vous que chacun a bien son nom écrit sur son **MD-DD**. Au cas où l'on aurait besoin de s'adresser directement à vous par annonce haut-parleur.

Par exemple :
« L'individu avec **DOCTER NOËL ZONE** écrit sur son dos, qui a escaladé le tas de citrouilles pour scruter le magasin à la jumelle, pourrait-il redescendre ? »

4. Choisissez un chariot avec **QUATRE ROUES EN ÉTAT DE MARCHE** et **AUCUNE DE VOILÉE.**

Une roue voilée peut impacter la direction et causer **UN CARAMBOLAGE DE CHARIOTS.**

Ajoutez deux phares de bicyclette puissants à l'avant du chariot à des fins d'**EXTRA VISIBILITÉ** et pour trouver la sortie du magasin en cas de coupure de courant. Poussez le chariot avec une **EXTRÊME PRUDENCE**, en recourant aux signaux gestuels et en sifflant avec votre **PAPA** avant de négocier un virage.

5. PRENEZ GARDE aux têtes de gondole. Le moindre choc peut les renverser et vous risquez de vous retrouver **COINCÉ DESSOUS** en étant obligé de **VOUS LIBÉRER À COUPS DE DENTS.** Cela peut être possible en cas de chouvalanche (qui est un étrange mélange de **CID** mais aussi de **RED**), mais qu'on s'imagine devoir se libérer à coups de dents d'une **MONTAGNE DE LESSIVE EN POUDRE ! (PDTD)**

6. Si vous vous retrouvez désencordé du groupe et perdu dans le supermarché, **PAS DE PANIQUE.** Suivez simplement les panneaux jusqu'au **RAYON DÉCO/MÉNAGE.** Trouvez alors le plus long balai-brosse et **ACCROCHEZ VOTRE MD-DD À SON EXTRÉMITÉ.** Hissez le balai vers le ciel, tout en sifflant avec votre **PAPA**. Vous serez facilement repéré par le reste du groupe.

7. En cas d'extrême urgence, si vous restez perdu un certain temps, gagnez le

RAYON DES BOISSONS PÉTILLANTES.

Prenez quatre

TRÈS GRANDES BOUTEILLES D'EAU GAZEUSE,

secouez-les et disposez-les juste sous vos fesses.

En les décapsulant,

VOUS VOUS RETROUVEREZ PROPULSÉ EN L'AIR PAR UN GEYSER EFFERVESCENT.

Profitez d'être là-haut pour apercevoir où se trouve le reste du groupe.

8. Évitez d'acheter des **ARTICLES TRÈS DANGEREUX** genre des navets vraiment pointus ou des homards risquant d'être vivants.

Attention aussi aux **LÉOPARDS DE SUPERMARCHÉ.** Leur pelage jaune tacheté indique qu'ils peuvent facilement se dissimuler parmi les régimes de bananes.

TENEZ-VOUS PRÊT À DANSER (CEUAL !)

9. La zone des caisses constitue un grand danger, en particulier pour le client de petite taille. Il est très facile d'être mélangé aux courses, de se faire empaqueter et livrer chez d'autres personnes.

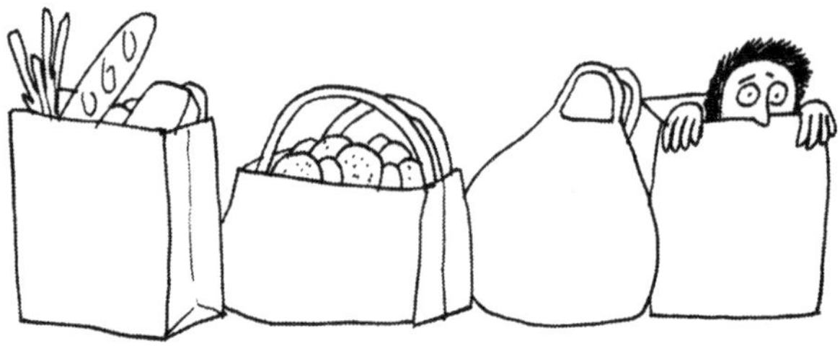

IMAGINEZ QU'UNE FOIS CHEZ EUX, PAR MANQUE D'ATTENTION ILS VOUS FASSENT PASSER DIRECT À LA CASSEROLE ?

Pour éviter ce genre d'aventure, répéter sans se lasser :

« JE NE SUIS PAS UNE BOTTE DE CAROTTES ! JE NE SUIS PAS UNE BOTTE DE CAROTTES ! »

et aussi :

« JE NE SUIS PAS UN GIGOT D'AGNEAU ! JE NE SUIS PAS UN GIGOT D'AGNEAU ! »

quand on se trouve dans la zone d'ensachage.

10. NE SURCHARGEZ PAS VOS SACS.

Des articles peuvent en tomber, les déchirer et se mélanger, en créant de nouvelles et dangereuses combinaisons. Par exemple, œufs, produit vaisselle et aliments pour chats sont excellents en eux-mêmes, mais réunis, ils forment un liquide si glissant que

LE MAGASIN DEVRA FERMER PENDANT UNE SEMAINE

en attendant que ça sèche.

Si le sucre glace, le Coca et certaines variétés de fromages à odeur forte se mélangent, ils forment une pâte collante si résistante

QUE SI ON POSE LE PIED DESSUS IL FAUT ABANDONNER SES CHAUSSURES

et se faire **HÉLITREUILLER OU HISSER PAR UNE GRUE.**

En tant que **DANGÉROLOGUE,**
je consacre ma vie à **GLD**er, **DUPDD**er et
SAQINYACADLOTLMEQSQINYEAAer.
Et pourtant, parfois, pour se débarrasser du danger,
il faut se mettre en danger :

PARFOIS CE DANGER EST TRÈS GRAND.

Par exemple,

LE DANGER ABEILLE.

On dit souvent que la meilleure chose à faire si une abeille entre chez soi, c'est de l'ignorer, d'ouvrir la fenêtre et de la laisser trouver la sortie. À cela je réponds, moi :

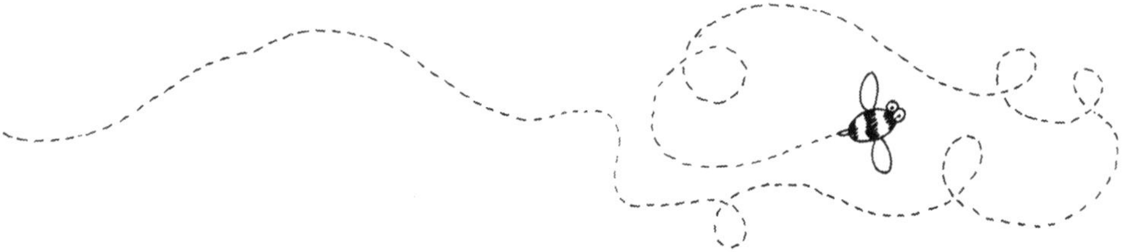

C'EST DE LA FOLIE PURE !
PENSEZ À LA PANIQUE ET À LA PAGAILLE
QU'UNE ABEILLE PEUT SEMER
EN VOLANT PARTOUT CHEZ VOUS !

Exemples de panique et de pagaille que peut causer une abeille qui vole un peu partout chez vous :

1. Provoquer un accident en rendant distrait.

2. PIQUE ! ET PIQUE ! ET REPIQUE !

3. Voler dans l'oreille et rester coincée dans le cerveau.

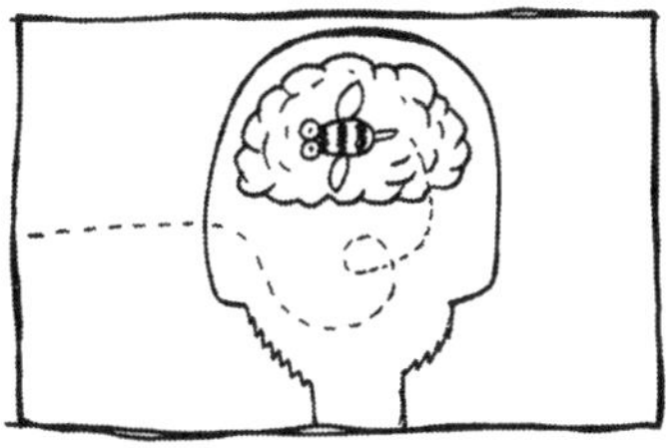

4. Signaler à ses millions d'amies qu'elles peuvent entrer.

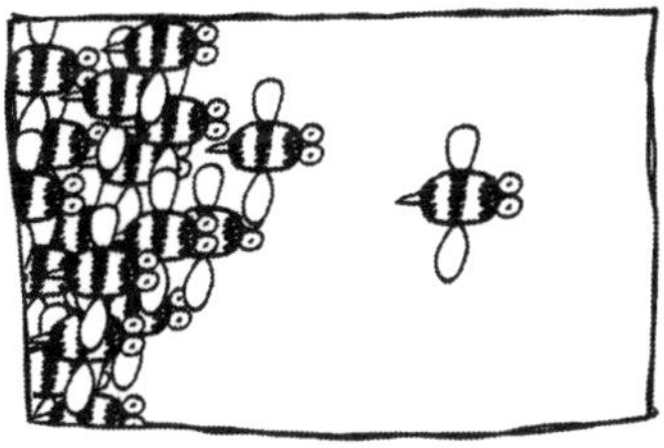

5. ET SI, AU LIEU D'UNE ABEILLE, C'ÉTAIT UNE GUÊPE DÉGUISÉE ?

COMMENT FAIRE PARTIR UNE ABEILLE DE CHEZ SOI

Il y a de nombreux moyens pour se débarrasser d'une abeille mais tous sont **TRÈS DANGEREUX.**

On peut enfiler son armure ou sa cuirasse et tenter de la frapper avec une tapette ou la bomber à l'aérosol.

Mais on risque facilement un **ACCIDENT PENDANT QU'ON COURT** partout à sa poursuite.

ON PEUT SE PROCURER UN LÉZARD GOBE-ABEILLES.

Mais si jamais il se révèle être **UN BÉBÉ DINOSAURE ET QU'IL NOUS GOBE, NOUS ?**

Non, il n'y a qu'un seul moyen sans danger de se débarrasser d'une abeille.

Il faut **FAIRE SEMBLANT D'ÊTRE SOI-MÊME UNE ABEILLE.** Mais pas une abeille ordinaire. Les abeilles n'obéissent pas aux autres abeilles ordinaires.

Les abeilles n'écoutent que LA REINE DES ABEILLES.

DÉGUISEMENT DE REINE DES ABEILLES

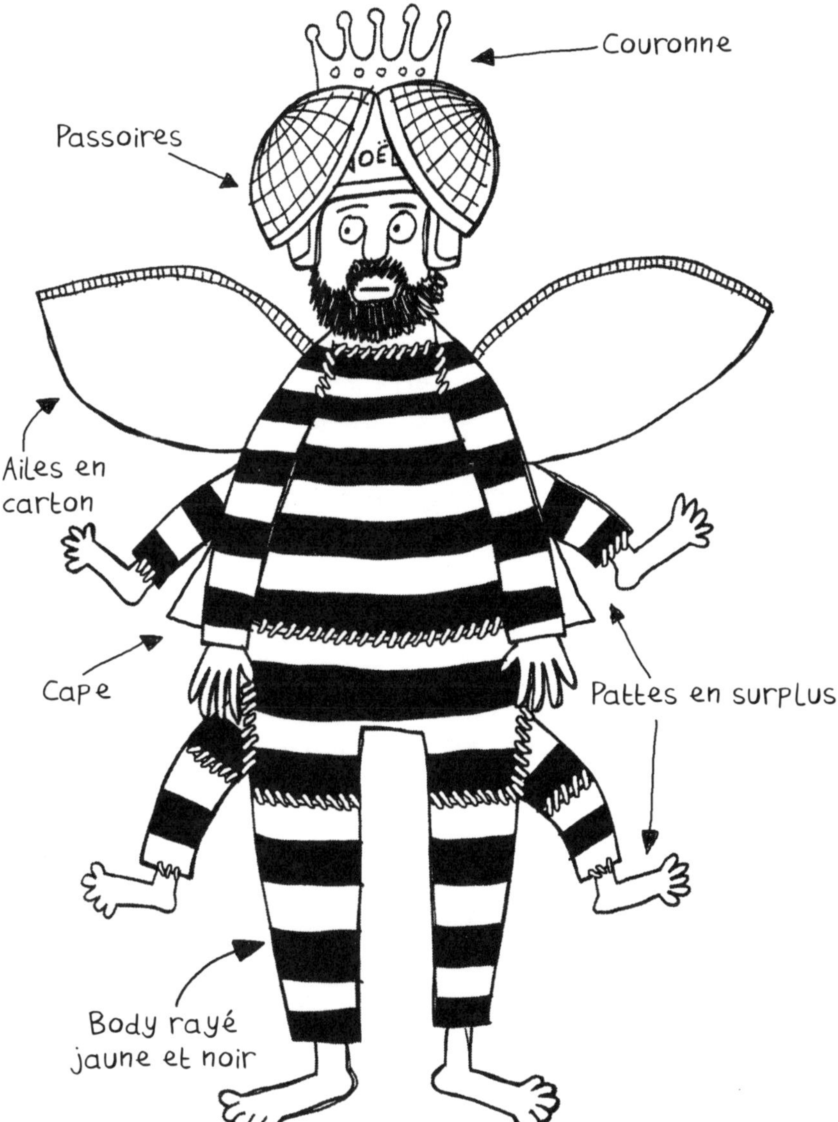

Une fois correctement attifé, il faut **AGIR EN REINE DES ABEILLES.** La **REINE** ne se pose ni sur les tables ni sur les réfrigérateurs tout simples. Elle ne se pose que sur des **TRÔNES** (Il faudra sans doute en emprunter un)

et **LES GÂTEAUX DE MARIAGE** (Il faudra sans doute en emprunter un à moins d'être en train de se marier – et si tel est le cas, **BONNE CHANCE À TOUS POINTS DE VUE**).

Enfin pour convaincre l'abeille que l'on est une vraie reine en exercice, il faut émettre un très fort **BOURDONNEMENT ROYAL.**

Le meilleur moyen d'y arriver est d'activer le **MODE VIBREUR** de son portable. Il est donc nécessaire de faire en sorte que tout un tas de gens appellent ou envoient des textos.

Après une heure de vols allers-retours entre gâteau de mariage et trône, dire simplement **« ON Y VA ! »** et sortir par la porte d'entrée de sa maison. Si l'abeille ne vous suit pas

ALORS C'EST QU'IL S'AGIT D'UNE GUÊPE DÉGUISÉE ET VOUS ALLEZ ÊTRE OBLIGÉ DE RESTER DEHORS JUSQU'À SON DÉPART.

NOTE : Ne pas s'attarder trop longtemps à l'extérieur dans son costume de reine des abeilles. Un voisin ou une voisine pourrait vous prendre pour **UNE ABEILLE GÉANTE** et tenter de vous bomber ou de vous frapper avec une très grande tapette.

Ce serait **VRAIMENT EMBARRASSANT SI CETTE VOISINE C'ÉTAIT GRETEL.**

Bienvenue

EN

ZONE DE DANGER

(1re PARTIE)

Maintenant qu'on commence à se connaître,
il est temps que moi et Dennis, on vous fasse faire
le tour du propriétaire de notre maison,
qu'on appelle **LA ZONE DE DANGER.**

On va commencer dehors par

LE JARDIN DU DANGER.

Voici Dennis en train de vous montrer le devant.

Voici Dennis en train de vous montrer l'arrière.

C'est exact. Il n'y a rien dans notre jardin. Je l'ai bétonné de partout. Ce qui veut dire que :

- Le danger ne peut rôder nulle part.
- Il est impossible que des bêtes sauvages y creusent des tunnels ou des terriers pour mieux nous surprendre.

- On n'y trouve **AUCUNE PLANTE OU AUCUN ARBRE À CROISSANCE RAPIDE** qui puisse soudain remplir le jardin et nous piéger dans la maison.

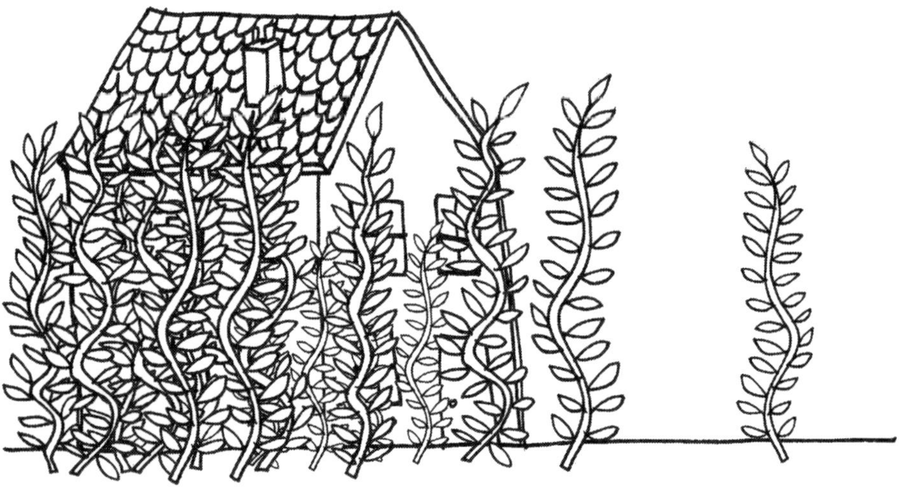

MAIS POURQUOI Y A-T-IL TANT DE FEUILLES DANS MON JARDIN ?

Excellente question.

MERCI DE ME L'AVOIR POSÉE.

C'est parce que j'ai

LES PIRES VOISINS DE TOUTE L'HISTOIRE DU VOISINAGE.

(Et je ne parle certes **PAS** de Gretel.)

À l'arrière de mon jardin se trouve l'enclos des girafes du zoo.

Elles zieutent, elles polluent et font d'étranges mâchonnements girafiers en zieutant et polluant.

J'ai écrit 31 lettres au zoo pour me plaindre de leur comportement, mais

A-T-ON CHANGÉ LES GIRAFES DE PLACE DANS LE ZOO ?

NON !

On les a laissées où elles sont et on leur a donné mes lettres à manger. Je le sais parce que, parfois, les girafes laissent tomber certaines de mes lettres de réclamation à moitié mangées dans

LE JARDIN DU DANGER.

ARRÊTEZ DE ME ZIEUTER,
VOUS LES GIRAFES.

ESPÈCES DE CHEVAUX ZARBIS
À COU EXTENSIBLE.

Mes voisins d'un côté sont David et Chris.
Je ne sais pas trop ce qu'ils fabriquent, parce qu'ils sont toujours dans les parages. Ils travaillent sans doute avec des ordinateurs.

Ils avaient un bassin au fond du jardin qui s'est comblé, ce qui est une chance car
UN CROCODILE AURAIT PU VENIR Y VIVRE.

Et il n'aurait fait qu'une bouchée de David et Chris.
Puis de moi.
ET ENSUITE DE GRETEL. DONC C'EST BIEN TOMBÉ QUE CE BASSIN SE SOIT COMBLÉ. VRAIMENT, VRAIMENT TRÈS BIEN TOMBÉ.

O.K. O.K.
Je reconnais.

C'est moi qui l'ai comblé.

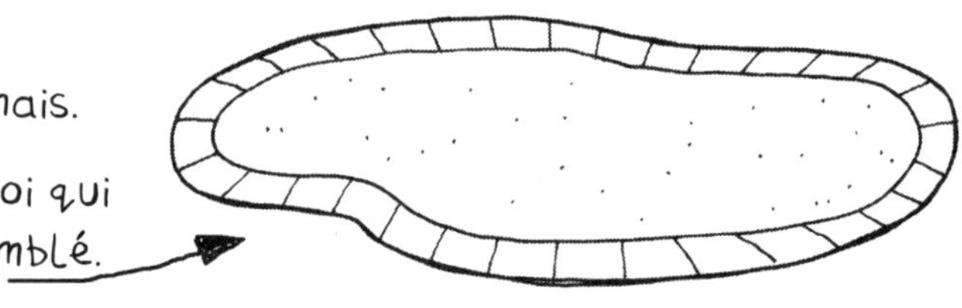

En fait, c'est comme ça que j'ai connu mes voisins. Il était très tard et ils ont entendu un bruit inhabituel en provenance de leur jardin (moi, en train de combler leur bassin) et appelé la police.

Même si David et Chris se sont montrés très compréhensifs quand je leur ai expliqué pour le crocodile, la femme-flic, elle, pas du tout, et elle m'a prévenu que j'aurais de gros ennuis si on me surprenait à nouveau dans le jardin d'un voisin sans qu'on m'ait donné la permission d'y entrer.

De l'autre côté de chez moi habite la très belle et merveilleuse **GRETEL**.

Elle fait pousser des choux dans son jardin.

Chaque fois qu'elle me voit dans la rue, elle me dit bonjour. Mais comme je ne sais jamais trop quoi lui répondre, je me cache.

Ce qui est difficile à faire quand je suis dans mon jardin.

J'aimerais bien ne pas paniquer et lui dire bonjour moi aussi.

Je l'avertirais qu'en plus des animaux qui y creusent des terriers et des choux mutants à croissance rapide qui risquent de l'emprisonner dans sa maison, il existe d'autres

DANGERS ABOMINABLES DANS SON JARDIN

Je lui parlerais :

1. Du danger que représentent les bicyclettes.
2. Du risque de s'emberlificoter dans son hamac.
3. De la trop grande proximité de son barbecue qui pourrait mettre le feu à sa maison et à tout le reste.
4. De la possibilité que sa mangeoire à oiseaux **ATTIRE LES VAUTOURS.**
5. Du danger de laisser des choses dehors quand la neige menace. Elle pourrait les recouvrir et

ELLE, GRETEL, POURRAIT TRÉBUCHER FACILEMENT.

LE JARDIN DE GRETEL

CONTES DE FÉES *relaxants* DU DOCTER NOËL

(EMLASLS)

BRAVO D'AVOIR LU CE LIVRE JUSQU'ICI.
J'espère que vous vous rappelez de tout en vue de **L'EDDADDUDPJ.**
Comme vous méritez de faire un break, j'ai remanié un classique du conte pour enfants afin que vous l'appréciiez **EN METTANT L'ACCENT SUR LA SÉCURITÉ.**
RÉGALEZ-VOUS SVP.

Le Petit Chaperon Rouge

Il était une fois le Petit Chaperon Rouge, qui décida de rendre visite à sa Mère-grand qui habitait une chaumière dans la forêt. Elle réfléchit au chemin qu'elle suivrait pour y aller. Elle pouvait simplement traverser le bois. Mais elle se rendit compte, soudain, **QUE C'ÉTAIT UNE TRÈS MAUVAISE IDÉE** car le bois grouillait d'écureuils enragés et d'araignées poilues. Et que, même si elle n'en croisait aucun ou aucune, elle pouvait **S'EMPLAFONNER CONTRE UN ARBRE.**

Elle songea à y aller en vélo en empruntant la piste cyclable bien éclairée qui traversait le milieu de la forêt,

MAIS ELLE SE RAPPELA ALORS COMBIEN LES VÉLOS SONT DANGEREUX. Et comme **CE SERAIT AFFREUX** si elle déraillait ou si elle crevait **ET QU'UN LOUP, UN HIPPOPOTAME OU UNE PANTHÈRE S'ÉTAIT ÉCHAPPÉ(E) DU ZOO ET SE TROUVAIT EN LIBERTÉ DANS LA FORÊT (CEUAL/CEUAH/CEUAP !)**

Elle pouvait aussi demander à son père de l'y conduire par l'autoroute qui contournait la forêt.

MAIS SI LA POLICE POURSUIVAIT DES GANGSTERS EN VOITURE ET SI JAMAIS IL Y AVAIT UNE FUSILLADE ?

Finalement, le Petit Chaperon Rouge décida de téléphoner à sa Mère-grand qu'elle ne viendrait pas ce jour-là car tout était trop dangereux.

« Oh, très bien », dit sa Mère-grand.

« Ça m'aurait fait très plaisir de te voir. »

Et comme le Petit Chaperon Rouge allait raccrocher, le téléphone lui tomba sur le pied et lui fit un bleu car elle était en chaussettes.

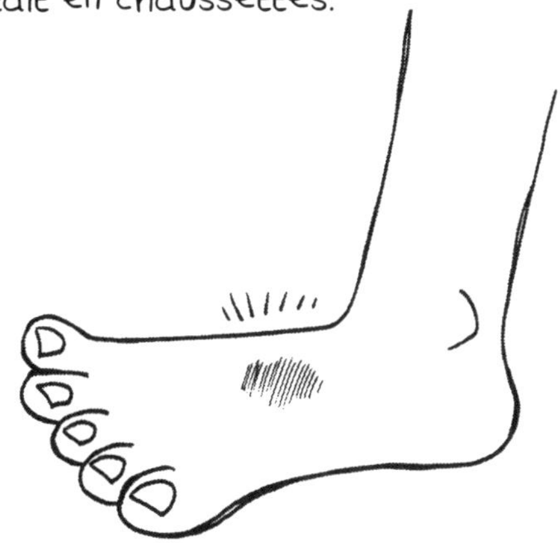

MORALE :

NE JAMAIS SE PROMENER EN CHAUSSETTES.

parce que

LE DANGER EST PARTOUT

Merci.

Maintenant, tenez-vous prêt à siffler avec votre **PAPA** pour notre premier Avis Pour Prévenir Attaques et Autres Agressions Animales.

APPAEAAA

L'OURS BLANC

Vous allez quelque part (au collège, au travail ou acheter des choux) quand tout à coup, un ours blanc se dresse devant vous.

QUE FAITES-VOUS ?

Comme un ours blanc court et nage plus vite que vous, grimpe mieux aux arbres et possède un excellent odorat, vous pourriez croire que vous n'avez aucune chance de lui échapper.

Et vous avez raison. Mais vous pouvez
L'ESTOMAQUER.

Et, pendant qu'il est encore estomaqué, filer en douce.

COMMENT ESTOMAQUER UN OURS BLANC ?

Tout tient en trois mots : **TOURS DE CARTES.**

Les ours blancs adorent les tours de cartes. Et le plus simple d'entre eux les époustoufle tellement qu'ils peuvent rester une heure à se creuser la tête pour essayer de piger.

1. Rencontre avec un ours blanc.

2. Sortir rapidement un jeu de cartes de sa **BDSP**.

3. Exécuter un tour de cartes.

4. Stupéfaction de l'ours blanc.

5. C'EST L'OCCASION DE S'ENFUIR ! VITE.

FUYEZ !

Je vous préviens maintenant :
même selon les critères d'un
DPJ chevronné,
ce qui suit est vraiment effrayant.

LE DANGER MAMIE

La plupart des gens classent Mamie tout en bas de la liste des membres de la famille susceptibles d'être dangereux.

LISTE DES MEMBRES DE LA FAMILLE POUVANT ÊTRE DANGEREUX

(PLUS QUE PROBABLES)

GRAND FRÈRE/GRANDE SOEUR

PETIT FRÈRE/PETITE SOEUR

COUSIN DÉBILE

PARENTS

ONCLE FOU

TANTE QUI CHANTE TRÈS FORT PUIS
S'ENDORT SUR LES ESCALIERS
LORS DES FÊTES DE FAMILLE

COUSINS CASSE-PIEDS

PAPY

(LA MOINS PROBABLE)

MAMIE

On adore poser beaucoup de questions à ses grands-parents :

« Vous êtes déjà allés en classe à cheval ? »

« Pourquoi vous n'êtes pas allés sur la Lune avec Neil Armstrong ? »

« Avant l'invention de la télécommande, vous restiez assis sur le canapé et poussiez les boutons du poste de télévision avec un long bâton ? »

Mais une de celles qu'on ne pense pas à poser souvent, c'est :

**« MAMIE,
EST-CE QUE TU ES UN ROBOT ? »**

C'EST QUOI, UNE MAMIE ROBOT ?

Une mamie robot, c'est un robot que d'autres robots ont fabriqué à la ressemblance de votre vraie mamie.

COMMENT EST-CE POSSIBLE ?

Le truc habituel des robots, c'est de distraire votre vraie mamie par **UNE DÉGUSTATION GRATUITE DE PRODUIT AU SUPERMARCHÉ.**

Des robots (déguisés en êtres humains) offrent des échantillons alimentaires appréciés des mamies, genre : cakes, soupes bizarres, et pruneaux frais/jus de pruneaux/barres de céréales aux pruneaux.

Les stands de dégustation des supermarchés retardent la mamie moyenne de 30 minutes. C'est le temps nécessaire aux robots pour

FABRIQUER UNE COPIE ROBOT D'UNE MAMIE.

Puis cette mamie robot téléphone chez vous et vous suggère d'aller au jardin public ou à la plage,

OU UN AUTRE ENDROIT BIEN DÉGAGÉ,

pour y jouer avec un chien dont elle s'occupe.

(NOTE : CE CHIEN EST LUI AUSSI UN ROBOT.)

Mais quand, arrivé sur place, vous vous mettez à lancer un bâton au chien, tout à coup,

WOUCH,

un vaisseau spatial robot descend en piqué et vous chope avec une pince-grappin.

Comme celle de ces appareils à sous où on ne gagne jamais rien. Ensuite, on vous hisse dans le vaisseau qui vous emporte vers sa planète robot.

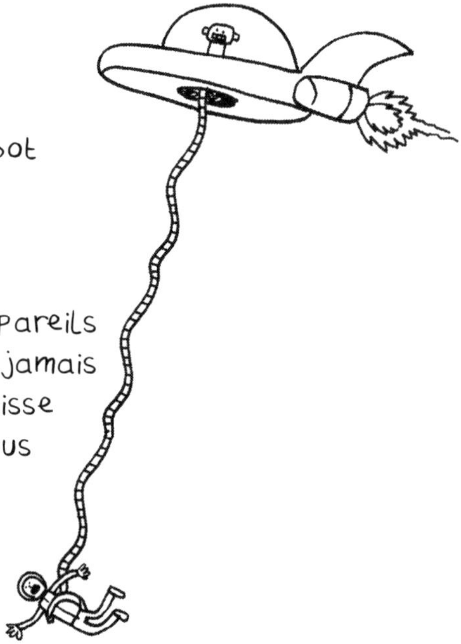

QUE SE PASSE-T-IL UNE FOIS LÀ-BAS ?

On vous force à vivre dans un **ZOO HUMAIN**, qui est exactement pareil à l'un de nos zoos **MAIS AVEC DES HUMAINS EN CAGE À LA PLACE DES ANIMAUX.**

Des robots viennent en famille vous regarder vous livrer à des activités humaines fastidieuses comme **MANGER, DORMIR ET JOUER AVEC UN PNEU SUSPENDU À UN ARBRE.**

Ce qui est amusant, au début, mais devient carrément ennuyeux à la longue. Les robots croient aussi que l'on n'aime que les carottes, ce qui, une fois encore, est sympa au début, mais rend malade à la longue.

COMMENT ÉVITER QU'UNE CHOSE PAREILLE N'ARRIVE ?

En s'assurant que sa mamie est une vraie mamie et pas un robot. L'un des moyens est de lui demander de faire une chose que seule votre vraie mamie est capable de faire :

« Hé, Mamie, apprends-moi ta danse préférée, s'il te plaît. »

OU ENCORE :

« Mamie, c'est quoi, déjà, le gâteau que tu fais que j'aime beaucoup ? Tu peux m'apprendre à le faire, s'il te plaît ? »

Si elle n'arrive pas à danser ou si elle essaie de faire le gâteau et qu'il n'a pas bon goût,

ELLE EST PEUT-ÊTRE UN ROBOT.

Demandez-lui de voir sa montre. Tous les robots ont un bouton on/off situé **EN DESSOUS DE LEUR MONTRE.** Donc, s'il y en a un là, pressez-le trois secondes et votre mamie robot s'éteindra. Attendez alors que votre vraie mamie revienne du supermarché.

Ce robot aura d'**ÉNORMES** ennuis.

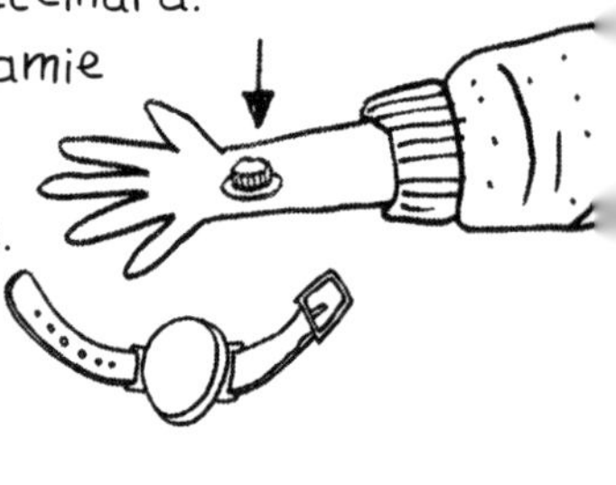

Merci.

Aux courageux lecteurs qui lisent encore ce livre, si vous pouvez aller jusqu'au bout,

VOUS FEREZ VRAIMENT D'EXCELLENTS DPJs.

Aux lecteurs beaucoup moins courageux qui ont renoncé, car trop effrayés, je dis... ma foi je ne leur dis rien car ils ne lisent déjà plus. Mais je leur dirais :

LE DANGER EN SORTIE SCOLAIRE

Laissez-moi brosser le tableau. Vous venez de passer la journée dans un bus avec vos camarades de classe. L'un d'eux, qui a mangé trop de chocolat, a été malade, un autre s'est perdu et on vous a véhiculé pendant une éternité pour passer une heure à écouter une vieille dame pérorer tranquillement à propos d'un château

QUI POURRAIT S'ÉCROULER D'UN INSTANT À L'AUTRE.

Puis, pendant le trajet retour au collège, juste quand vous pensiez que le pire était derrière vous, c'est devenu **ENCORE BIEN** pire.

DES PIRATES ONT TENDU UNE EMBUSCADE AU BUS.

Le truc habituel des pirates, c'est de faire semblant d'effectuer des travaux sur la chaussée. Casques jaunes et salopettes orange vif dissimulent leurs tenues de pirate de la route. L'un d'entre eux brandit un panneau **STOP** et, quand le chauffeur ouvre la portière pour leur parler, plus d'une dizaine de pirates se ruent à bord.

QUE FAIRE SI DES PIRATES S'EMPARENT DE VOTRE BUS SCOLAIRE ?

1. QUE PERSONNE NE PRONONCE LES MOTS OR ou **TRÉSOR**. Car c'est ce qu'ils cherchent. Ne les prononcez même pas en passant. Ne dites même pas « ma fleur préférée est le bouton d'or » ou encore « mon cousin est trésorier ».

2. EMPLOYER DES TERMES DE PIRATERIE. Si on s'efforce d'avoir le même langage qu'eux, ils se montreront plus amicaux, comme lorsqu'on essaie de parler espagnol quand on est en vacances en Espagne.

COMMENT PARLER À UN PIRATE

Au lieu de « **salut** » dire « **yôh** » et à la place de tous les autres mots « **yôrrr** ».
Ainsi « **Salut ! J'espère que la journée est bonne** » devient « **Yôh ! Yôrrr yôrrr yôrrr yôrrr yôrrr yôrrr yôrrr yôrrr** ».

3. Se débarrasser des pirates est très simple. Il suffit de leur donner une carte en leur disant l'avoir trouvée cachée dans un vieux livre. Pas de souci si vous n'en avez pas une vraie sous la main – vous pouvez en dessiner une. Ajoutez-y des trucs que des pirates reconnaîtront, genre une forêt, une boutique de bandanas et un restau à sushis (les pirates **ADORENT** les sushis).

Puis, **C'EST INDISPENSABLE**, tracez un grand **X** quelque part sur la carte. Dès que les pirates verront ça, ils abandonneront votre bus pour se lancer à la recherche du trésor enterré.

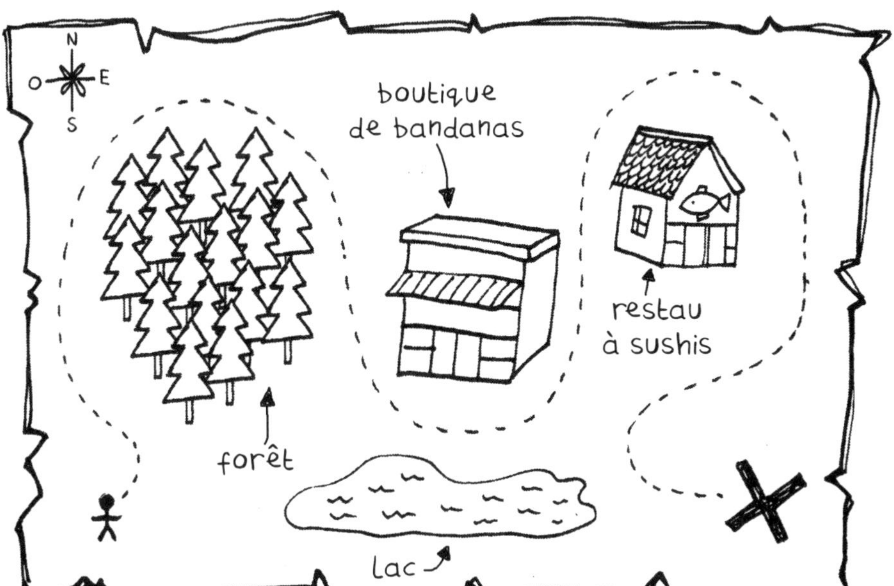

Je pense que c'est peut-être à cause de la partie qui suit que M. Donohoe m'a interdit d'entrer dans son magasin de vélos.

LE DANGER SUR ROUES

Jetez un œil à ma liste des façons de voyager les plus dangereuses.

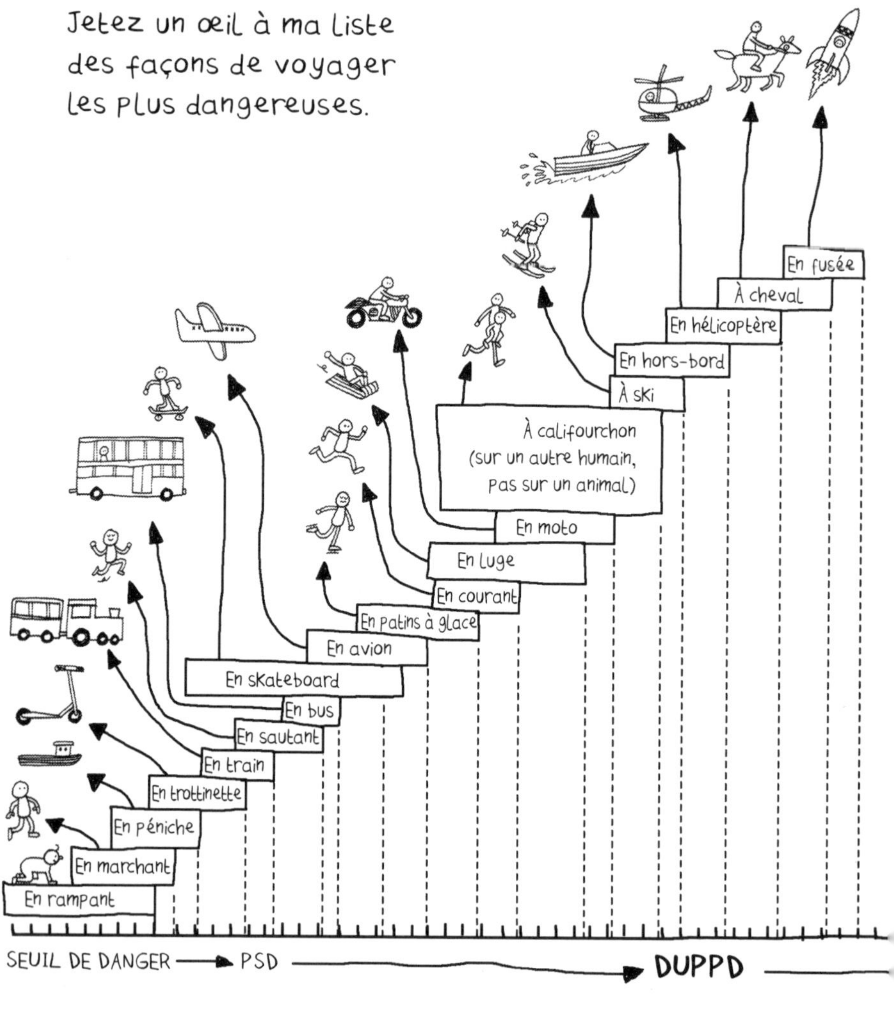

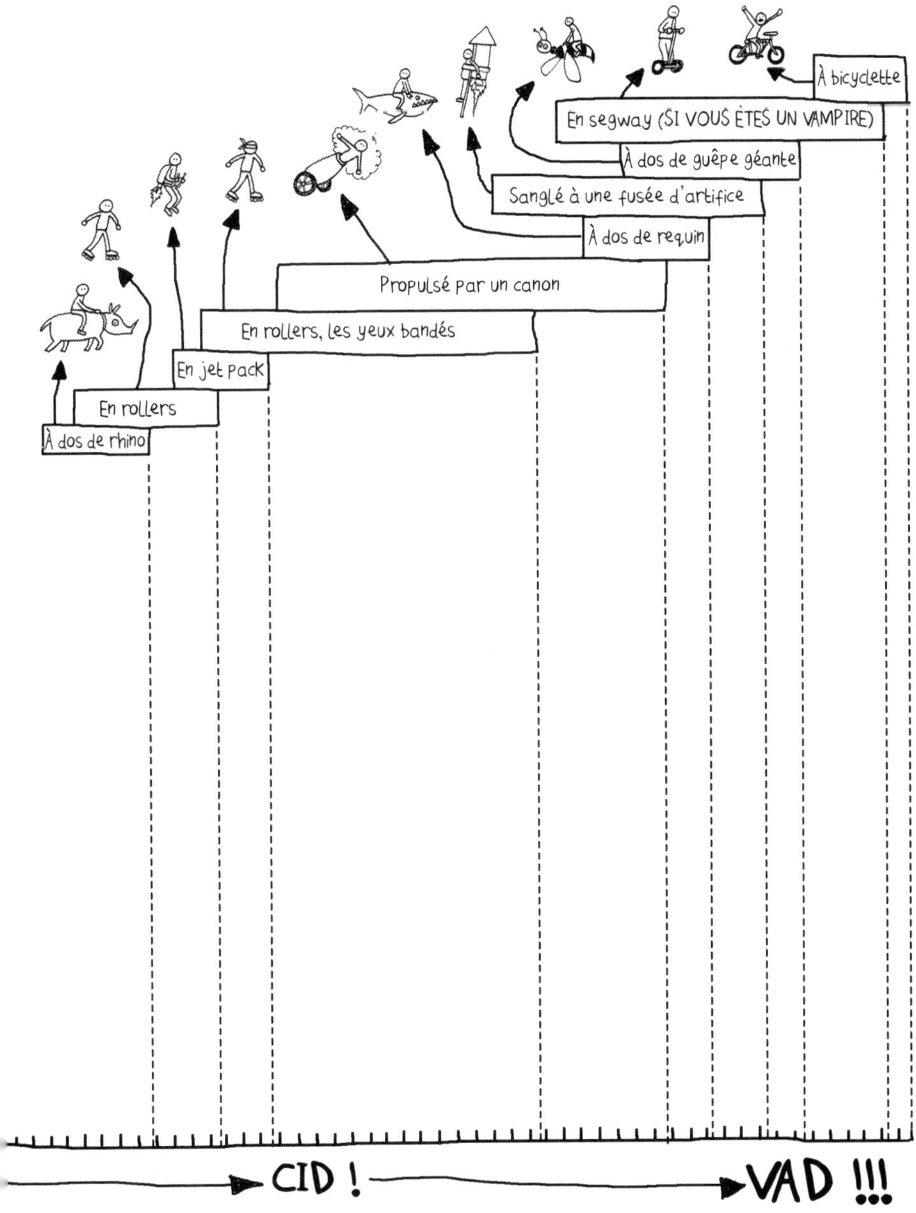
À bicyclette
En segway (SI VOUS ÊTES UN VAMPIRE)
À dos de guêpe géante
Sanglé à une fusée d'artifice
À dos de requin
Propulsé par un canon
En rollers, les yeux bandés
En jet pack
En rollers
À dos de rhino
CID !
VAD !!!

Si c'était moi qui décidais, le monde serait très différent. Il n'y aurait ni week-ends

(TROP DANGEREUX),

ni caramel mou

(TROP COLLANT),

ni tongs

(TROP BRUYANTES/ MALCOMMODES POUR S'ENFUIR).

Et je rebaptiserais la bicyclette

LE DEUX-ROUES DE LA TERREUR

Et mettrais « rouler à vélo » sur la liste des choses

INTERDITES À JAMAIS.

POURQUOI LES BICYCLETTES SONT-ELLES SI DANGEREUSES ?

Eh bien, si vous ne l'avez pas déjà remarqué,

LES BICYCLETTES N'ONT PAS LE SENS COMMUN.

Si vous en mettez une debout sans la tenir, elle tombe aussi sec.
Et pourtant vous vous asseyez dessus et pédalez en espérant qu'elle vous portera ?

JE NE LEUR FAIS PAS CONFIANCE ET VOUS NE DEVRIEZ PAS NON PLUS.

Gretel a une bicyclette avec un grand panier sur le devant dont elle se sert pour transporter chaque matin des choux jusqu'à sa Cabane aux Choux.

POURQUOI, GRETEL ?
POURQUOI PRENDS-TU CE RISQUE ?
QUELQUE CHOSE DE TERRIBLE POURRAIT ARRIVER.

Gretel est bien plus jolie que ça.

EXEMPLES DES TRUCS TERRIBLES QUI POURRAIENT ARRIVER À GRETEL

1. Elle pourrait faire une chute.

2. Une guêpe pourrait se glisser par le col de son manteau.

(GRETEL A QUELQUES EXCELLENTS MANTEAUX.)

3. Une abeille pourrait en volant pénétrer dans sa bouche, si bien qu'en mouchant son nez, elle pourrait chaque fois en faire sortir du miel.

4. Ses freins pourraient lâcher et elle pourrait entrer à bicyclette dans le **HANGAR DES INSECTES VENIMEUX DU ZOO.**

5. Ses freins pourraient lâcher et elle pourrait entrer à bicyclette dans la boutique où l'on vend assiettes, verres et autres babioles chères qui se brisent facilement.

6. Ses freins pourraient couiner et tous les chats et félins du quartier (y compris les tigres, panthères, léopards etc.) la prendre pour une souris géante et se précipiter pour la dévorer.

7. Un boxeur pourrait entendre son timbre et croire que c'est le début d'un combat.

8. Elle pourrait foncer dans une lessive séchant sur une corde et finir enveloppée d'un drap, et les gens la confondraient avec un fantôme.

SOIS PRUDENTE, GRETEL, STP.

CONSEILS DU DOCTER NOËL ZONE À GRETEL ET À TOUT LE MONDE POUR ROULER EN SÉCURITÉ À BICYCLETTE

1.

Placer sa bicyclette dans un grand carton.

2.

Transporter le carton au bord d'une haute falaise.

3.

Vérifier que personne ne se trouve au pied de la falaise.

4.

ÊTRE PRUDENT PENDANT QU'ON EFFECTUE CETTE VÉRIFICATION !

5.

Jeter le carton au bas de la falaise.

6.

Rentrer chez soi en **NE SONGEANT PLUS À S'APPROCHER D'UNE AUTRE BICYCLETTE DE TOUTE SA VIE.**

Merci.

LE DANGER DES DEVOIRS À LA MAISON

Même si l'on sait tout sur LE SCORPION DE LA PAGE 17 (voir page 17), il y a de nombreux autres dangers redoutables dont il faut être conscient quand on fait ses devoirs. Voici les quatre les plus épouvantables.

1. LA TÊTE DANS LE CARTABLE

Ça arrive à des centaines d'élèves chaque année. En rentrant à la maison, on est vraiment pressé de s'attaquer à ses devoirs. Mais, impatient de trouver le bon livre, on fourre la tête trop profond dans son cartable et elle y reste coincée. Tout à coup, on ne voit plus rien et personne ne peut entendre nos cris de détresse.

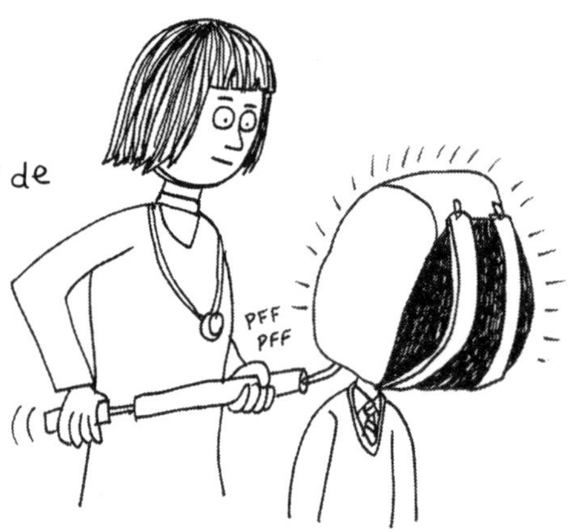

La seule façon de guérir de la tête dans le cartable, c'est d'aller à l'hôpital, où on peut vous en libérer grâce à une pompe à vélo spéciale.

2. BLESSURES DE TROUSSES OU AUTRES PLUMIERS

Glisser sa main dans sa trousse est plus dangereux que **LA GLISSER DANS UNE CHAUSSETTE PLEINE DE CRABES EN FURIE.**

Une trousse ou un plumier regorgent de trucs pointus qui peuvent facilement vous piquer quand vous fouillez dedans. Voici pourquoi j'utilise un

SOMBRERO PAPETIER.

J'accroche par une ficelle à son large bord tous les articles possibles dont je pourrais avoir besoin. Il me suffit alors de faire tourner le chapeau en fonction de l'article requis. C'est pratique et c'est stylé – sortez coiffé d'un sombrero papetier, on vous regardera avec jalousie.

ATTENTION : NE JAMAIS ROULER EN VÉLO EN PORTANT SON SOMBRERO PAPETIER.

Des articles pourraient s'en détacher et mettre gravement en péril d'innocents passants (sauf si ces passants sont des zombies/loups-garous).

Aussi, **NE JAMAIS FAIRE DE BICYCLETTE CID/VAD !**

3. STYLOS ET CRAYONS POINTUS

Pour certains, le stylo est la plus puissante des armes.
Tout ce que je sais, c'est qu'un crayon effilé est **AUSSI DANGEREUX QU'UNE ÉPÉE.**

Toujours munir stylos et crayons d'un **CHOU DE BRUXELLES DE SÛRETÉ** ou d'une **POMME DE TERRE DE PROTECTION.**

En particulier, ceux accrochés à votre **SOMBRERO PAPETIER.**

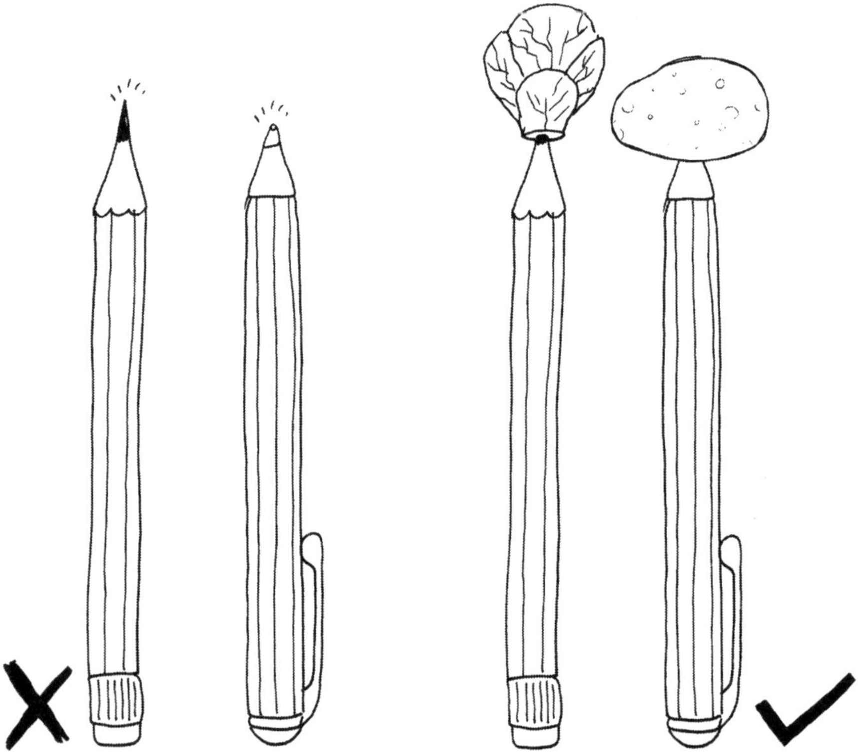

4. LIVRES HANTÉS

Quand on travaille avec de vieux bouquins empruntés à la bibliothèque,

S'ASSURER QU'ILS NE SONT PAS HANTÉS.

Les livres hantés sont faciles à repérer parce qu'ils sont grands, poussiéreux et font un fort criiiiissement quand on les ouvre. Lire un livre hanté à haute voix peut **JETER UN SORT** à votre chien et le transformer en **FRUIT** ou en **LÉGUME**.

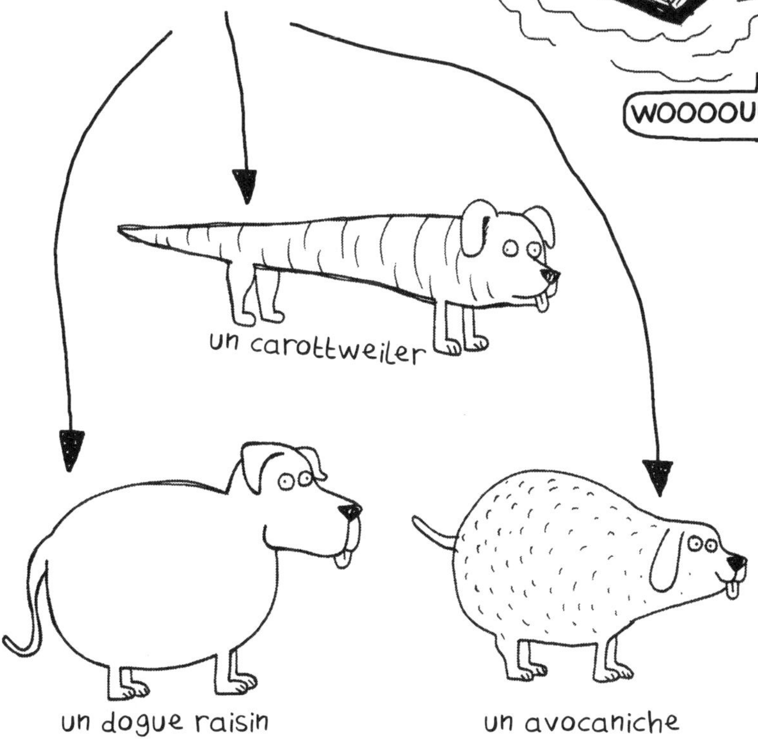

Vous êtes presque à la moitié du livre et à moitié devenu un **DPJ !**

Ce serait le moment de faire la fête pour célébrer ça,

MAIS NE FAITES SURTOUT PAS ÇA !

LES FÊTES SONT TRÈS DANGEREUSES.

Si dangereuses qu'on va passer en revue les variétés de fêtes les **PLUS DANGEREUSES.**

TTDTPETDAQ

FÊTES D'ANNIVERSAIRE

Il est difficile d'imaginer quelque chose d'aussi dangereux qu'une fête d'anniversaire.

À part peut-être une version de Roméo et Juliette

OÙ JULIETTE EST JOUÉE PAR UN GORILLE À DOS ARGENTÉ HARGNEUX.

Ce qui démarre en joyeuse réunion avec cotillons se termine trop souvent avec quelqu'un devant être plâtré et quelqu'un d'autre pleurant dans son chapeau pointu turlututu.

Voici quelques tuyaux essentiels propres aux fêtes **(EMLASLS)**.

1. INVITATIONS

Inviter le moins de personnes possible. Je préconiserais de n'en inviter aucune, mais une ou deux, c'est acceptable. Se rappeler la règle d'or des invitations aux fêtes d'anniversaire :

2. DURÉE

Les fêtes d'anniversaire s'éternisent toujours. Au lieu de les organiser entre 15 heures et 18 heures, pourquoi ne pas les commencer à 15 heures pour les terminer à 15 heures 30 ?

Ou encore mieux, pourquoi pas entre 7 heures et 7 heures 05 du matin ? À cette heure-là, personne n'est assez réveillé pour commettre quelque chose de dangereux. Se rappeler la règle d'or de la durée des fêtes d'anniversaire :

3. ACTIVITÉS

ÉVITER LES ACTIVITÉS FESTIVES NORMALES

Faire du bowling, de la natation, de la peinture ou aller au cinéma sont des activités très dangereuses. Pourquoi ne pas mettre à l'essai une autre idée excitante, genre s'asseoir près d'une belle haie ou visiter un magasin de cartouches d'encre pour imprimante ?

4. CADEAUX

Tout le monde aime porter un casque. Si la personne en a déjà un, pourquoi ne pas lui en offrir un neuf ? Un peut-être assez grand pour se superposer à son vieux casque. (Un casque double.)

5. GÂTEAU

Faire cuire un gâteau chez soi peut provoquer un incendie. Substituez donc au gâteau un chou, coupé en deux. (Peut-être un de ceux, délicieux, qu'on trouve à **LA CABANE AUX CHOUX DE GRETEL.**) On peut porter l'autre moitié du même chou comme **UNE COURONNE D'ANNIVERSAIRE COOL.**

6. BOUGIES

Des bougies ? EST-CE QU'ON VOUS A GREFFÉ À LA PLACE DU CERVEAU UN BONNET DE BAIN FARCI DE SAUCISSES ?

Bougies = **FEU**.

VOUS AVEZ ENVIE QUE LE FEU S'INVITE À VOTRE ANNIVERSAIRE ?

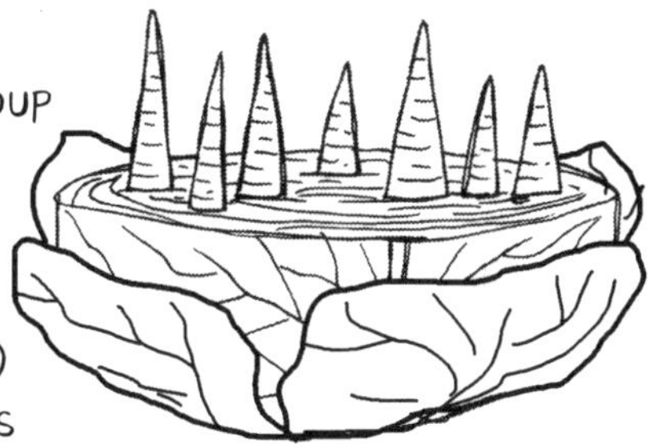

Non, les bougies sont beaucoup trop dangereuses.
C'est pourquoi j'utilise des carottes. Des carottes (partie pointue vers le haut) ressemblent tout à fait à des bougies, et on met une éternité à les souffler.
On peut aussi les manger une fois que c'est fait.
Donc : enfoncez des carottes dans votre chou d'anniversaire, emportez-le près de la haie ou dans le magasin de cartouches
et **QUE LA FÊTE COMMENCE !**

7. JEUX

Le Jeu de la Queue de l'Âne, qui associe objet pointu ou collant, bandeau sur les yeux et dessin d'un animal mortel, est bien trop dangereux.
À la place, pourquoi ne pas jouer à

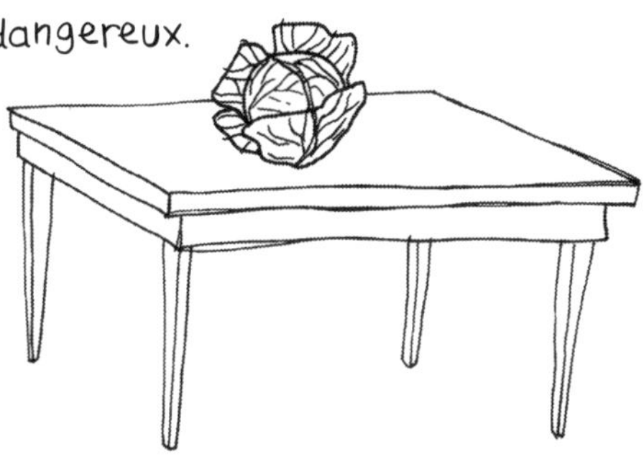

QUI POSE LE CHOU SUR LA TABLE ?

8. CHAISES MUSICALES

On devrait appeler ce jeu Larmes Musicales à cause du si grand nombre de choses qui peuvent tourner mal. Je propose donc de nouvelles règles qui le rendront plus sûr et tout aussi amusant.

RÈGLE 1 : Tout le monde doit porter des chaises-pantalons.

C'EST QUOI, UNE CHAISE-PANTALON ?

C'est la meilleure sorte de pantalon qu'on peut porter pour jouer aux chaises musicales. Si l'on n'en a pas déjà une paire, on peut la fabriquer.

COMMENT FABRIQUER UNE CHAISE-PANTALON ?

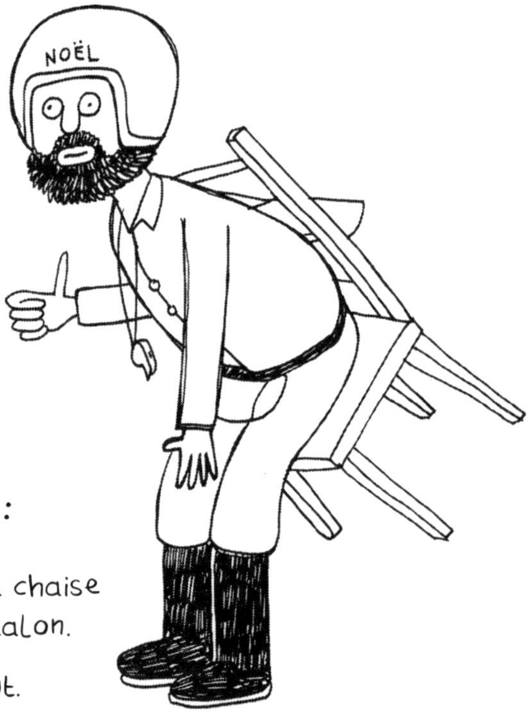

Il faut :

1 chaise

1 paire de pantalons

1 gros pot de colle

Marche à suivre :

ÉTAPE 1 : Coller la chaise au fond de son pantalon.

ÉTAPE 2 : C'est tout.

RÈGLE 2 : Au départ de la musique, tous les joueurs tournent lentement en rond dans leur chaise-pantalon. **NOTE :** choisir une chanson lente et triste comme « Douce Nuit » ou « Somewhere Over the Rainbow. »

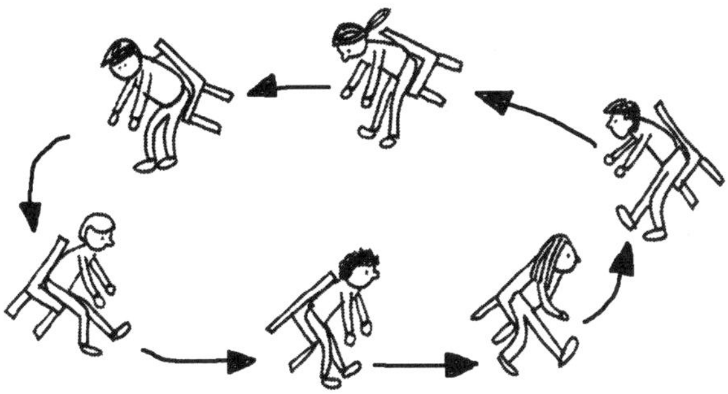

RÈGLE 3 : À l'arrêt de la musique, tous les joueurs s'assoient sur leur chaise-pantalon.

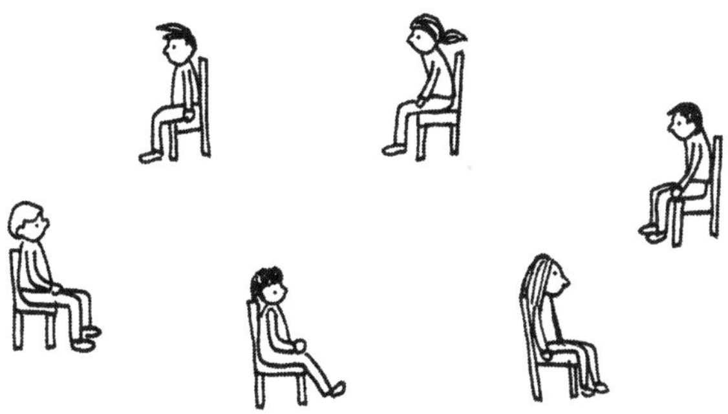

RÈGLE 4 : Au départ de la musique, tous les joueurs se remettent à tourner lentement.

RÈGLE 5 : Continuer ainsi jusqu'à ce qu'il soit l'heure de rentrer chez soi.

9. PAS DE CHÂTEAUX GONFLABLES

Oui, bien sûr, se casser la figure dans un château gonflable fait moins mal que se la casser dans un vrai château. Mais qu'on imagine ce qui se passerait en cas de crevaison.

LE CHÂTEAU SERAIT PROPULSÉ DANS LES AIRS COMME UN BALLON CREVÉ, AVEC VOUS ET TOUS LES INVITÉS SCOTCHÉS DEDANS. ET POURRAIT ATTERRIR N'IMPORTE OÙ...

sur une île déserte

dans l'espace

sur la plus haute tour d'un vrai château

10. SURPRISE-PARTIE

Je n'aime pas les surprises-parties. Imaginez que la personne soit **TROP SURPRISE** et s'évanouisse sous le choc en se cognant la tête ? N'empêche, c'est amusant d'organiser des surprises **PSD** pendant la fête. Par exemple :

SURPRISE !

J'ai vidé toutes les boissons gazeuses nocives dans l'évier et maintenant, tout ce qu'il reste à boire c'est du jus de chou !

SURPRISE !

On croyait qu'il y aurait un magicien mais à la place, tout le monde doit s'allonger par terre et piquer un roupillon !

SURPRISE !

La fête est annulée car les anniversaires sont trop dangereux. Chacun rentre chez soi.

SE VÊTIR CONTRE LE DANGER

Arrivé à ce point du livre, si je suis sûr que vous avez appris un max de trucs, je suis sûr aussi que vous avez été impressionné par mon sens de la mode et du style, unique en son genre. Je suis sûr que vous vous êtes dit :

« VOICI UN HOMME QUI AIME BIEN SA SÉCURITÉ, TOUT EN RESTANT CHIC À 100%. »

Très souvent, quand je vais chercher mon chou, Gretel remarque le brillant de mon casque et comme je présente bien. Je ne lui ai jamais rien dit mais aujourd'hui, je lui dis :

« MERCI À TOI, GRETEL. »

De nombreux lecteurs voudront sans doute commencer à s'habiller comme moi, alors laissez-moi vous guider via

MON PALMARÈS DES POUR ET DES CONTRE EN MATIÈRE DE MODE.

POUR

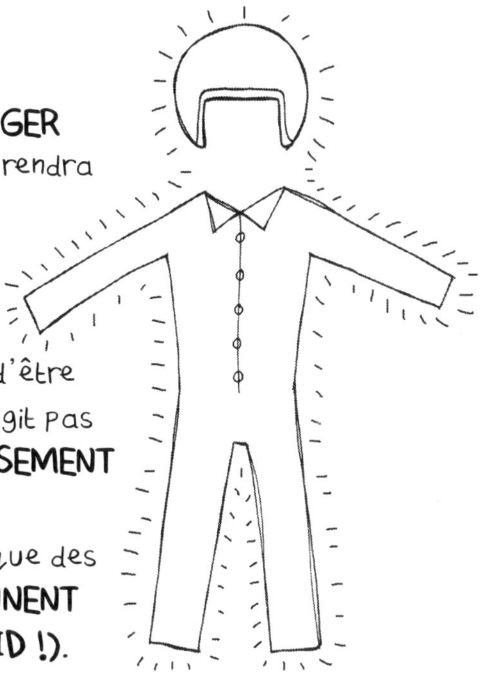

Choisir une **COMBI-DANGER** de couleur vive. Elle vous rendra d'autant plus visible.

Avertissement : éviter d'associer casque et combi-danger blancs.

Ne pas oublier le risque d'être **TROP VISIBLE**, il ne s'agit pas **D'ÉBLOUIR (L'ÉBLOUISSEMENT EST DANGEREUX).**

Il ne s'agit pas non plus que des **PQNEPEED VOUS PRENNENT POUR UN FANTÔME (CID !).**

CONTRE

Assortir une **COMBI MARRON** avec un **CASQUE VERT.** Les animaux myopes vous confondront avec un arbre. Oiseaux et écureuils voudront nicher sur vous.

CONTRE

Éviter de porter des tongs, des pantoufles ou des palmes de plongée.

Ne pas porter de chaussures susceptibles de faire flic-floc, de manière générale, tout ce qui peut glisser, riper, déraper, chasser, patiner.

Exactement tout ce que l'on n'a pas envie que ses chaussures fassent.

CONTRE

Ne porter ni chaussures à talons ni sandales.

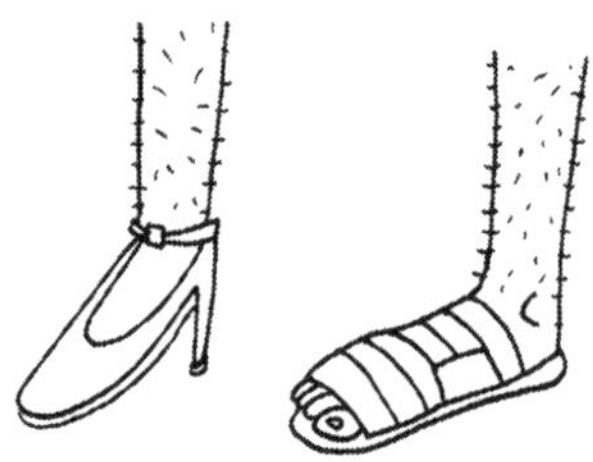

CONTRE

NE PAS PORTER DE CHAUSSURES À LACETS.

Un lacet défait **TRANSFORME TOUTE CHAUSSURE EN PEAU DE BANANE.**

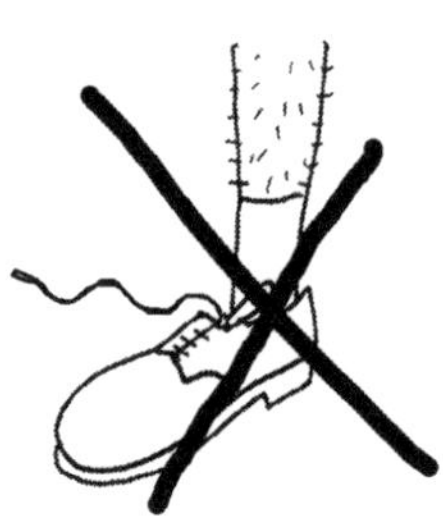

POUR

Porter une bonne paire de bottes en caoutchouc imperméables. Et, en certaines grandes occasions, porter des bottes en caoutchouc légèrement plus brillantes.

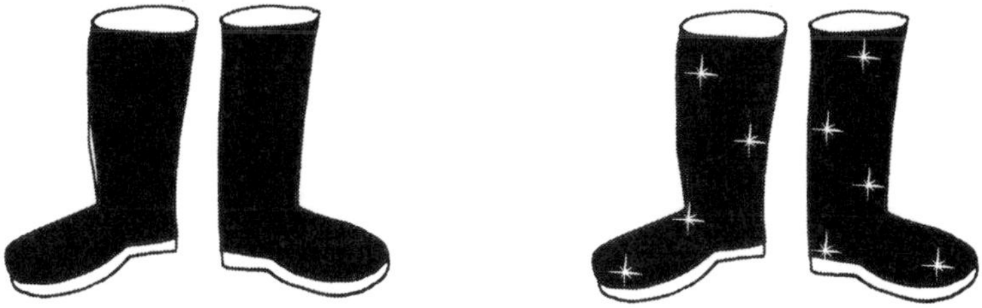

MAIS NE JAMAIS PORTER DE CRAVATE.
Elle peut, en se balançant, se coincer dans des trucs divers : photocopieuses/aspirateurs/ gueules de lion **(AL !)** et vous tirer vers le bas en vous mettant en très mauvaise posture.

POUR

Conserver l'aspect élégant d'une cravate en portant un T-shirt avec une cravate imprimée dessus.

CONTRE

Ne pas porter de longue cape. Ce serait dangereux et ridicule. Cependant, un **MD-DD** signale à d'autres dangérologues que vous êtes un des leurs. J'ai fabriqué le mien avec un torchon.

POUR

Porter toujours sa **BDSP**, contenant des **EGADs** essentiels tels que :

1. Votre **PAPA** – pour appeler à la prudence.
2. Un **PAPA** de secours – au cas où votre autre **PAPA** ne fonctionnerait pas.
3. Un biscuit – pour détourner l'attention des animaux dangereux.
4. Un paquet de cartes – pour les ours blancs.
5. Un flacon de liquide à bulles **(NOUS Y REVIENDRONS PLUS TARD)**.
6. Une carte – au cas où vous vous perdriez.
7. Un atlas – au cas où vous vous perdriez beaucoup.
8. Un globe terrestre – au cas où vous vous perdriez extrêmement.

POUR

Réfléchir aux dangers que l'on peut rencontrer ce jour-là en s'habillant le matin. Par exemple, si l'on doit aller dans un endroit haut placé (dans les étages d'une tour ou dans un bus anglais), mieux vaut se munir d'un parachute. Si l'on doit se trouver à proximité d'un chien enragé, mieux vaut porter une armure.

LE DANGER VIKING

Si ce livre avait été écrit il y a plus d'un millier d'années, il n'aurait fait qu'une page et on y aurait simplement lu :

GAAAAAH, DES VIKINGS !

Les Vikings détruisaient **TOUT** sur leur passage. Si on était en train d'achever la construction de sa maison en posant le tout dernier carreau, on apercevait soudain, surgissant sur la colline, leurs haches et leurs casques à pointes dessous lesquels leurs longs cheveux dépassaient.

Alors on les entendait rugir :

À - SAAAC - PAAAS - DE QUAAAR - TIEEER

Et après cinq minutes de mise à **SAC SAC SAC**, sa jolie maisonnette n'était plus qu'un monticule de briques, d'ardoise et de verre brisé.

Il y a mille ans, si on faisait du camping pour les vacances, et qu'on venait de poser la dernière des 800 pièces d'un puzzle vraiment difficile, on entendait soudain :

À - SAAAC - PAAAS - DE QUAAAR - TIEEER

En cinq sec, la tente était aussi plate qu'un tapis de sol, le puzzle éparpillé en 800 morceaux et la table de camping pliable un tas de bois bon pour le feu.

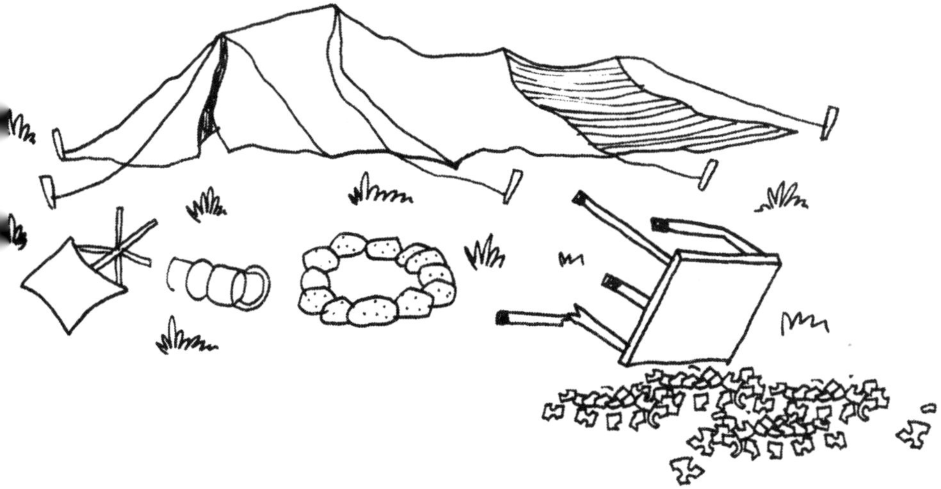

Mais tout ça se passait il y a un millier d'années.
Au fil du temps, tout le monde a entendu dire que les Vikings aimaient bien tout démolir.
Une fois qu'on est prévenus, ils sont faciles à repérer.
Et tout le monde a appris à reconnaître leur cri de guerre :

À - SAAAC - PAAAS - DE QUAAAR - TIEEER

On a donc équipé de verrous les portes d'entrée et arrêté de partir faire du camping quand il y avait des Vikings dans le coin.
De nos jours, les Vikings sont forcés d'être plus sournois pour jouer les brise-fer, leur sport favori.
Ils utilisent toute une panoplie de **DÉGUISEMENTS**.
Donc, faire **TRÈS ATTENTION** quand on croise un des groupes suivants :

1. MUSICIENS

Les Vikings ont tenté de se faire passer pour des membres de divers groupes musicaux, mais n'ont jamais été très convaincants.

Comme boys band ou girls band – ils n'avaient jamais tout à fait le bon look.

Comme chanteurs d'opéra – ils chantaient atrocement faux.

Comme musiciens d'orchestre – ils n'arrêtaient pas de casser leurs instruments.

Comme musiciens d'heavy metal – la musique était trop forte, même pour eux.

Mais alors, ils ont découvert LA MUSIQUE FOLK. Les Vikings ressemblent un peu à des musiciens folk, de toute façon, et savent gratter et frapper leurs instruments comme de vrais folkeux.

SE **MÉFIER** si on assiste à un concert de folk ou si on voit les membres d'un groupe faire la manche dans la rue.

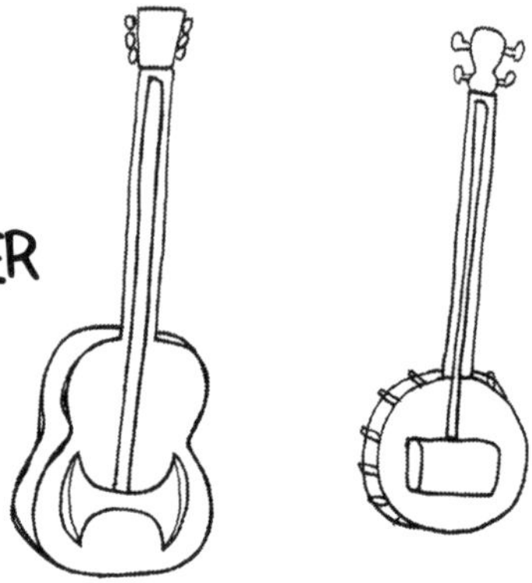

ILS POURRAIENT CACHER DES HACHES ET DES MASSES DERRIÈRE LEURS BANJOS ET LEURS GUITARES.

Écouter très attentivement au cas où ils se mettraient à chanter tout à coup :

À - SAAAC - PAAAS - DE QUAAAR - TIEEER

Et se tenir prêt à déguerpir au plus vite.

2. SCOUTS

Parfois, pour se rapprocher des choses qu'ils adorent bousiller, les Vikings se costumeront comme les derniers ou dernières de ceux ou celles dont on s'attend à ce qu'ils ou elles jouent les brise-fer. Examiner de près tout scout qui vient sonner en demandant s'il peut donner un coup de main pour un petit boulot. Comment se fait-il que ce scout-là ait une barbe ?
Et n'est-il pas un poil trop vieux ?

3. PÈRES NOËL

Un truc courant que les Vikings tentent chaque veille de Noël, c'est de se présenter à la porte des maisons déguisés en Pères Noël.

NE LES LAISSER ENTRER SOUS AUCUN PRÉTEXTE !

Le Père Noël est censé travailler seul et descendre par la cheminée,

PAS ENTRER PAR LA PORTE AVEC QUATRE DE SES FRÈRES OU SŒURS.

Et il est supposé dire :

« OHOHO ! » et pas **« À – SAAAC – PAAAS – DE QUAAAR – TIEEER ! »**

4.

VIKINGS À VÉLO OU EN RANDO

On voit tout un tas de gens sur des vélos ou chaussés pour la rando. C'est assez courant, se dit-on. Peut-être font-ils partie de la même équipe ou du même club. Mais minute...
Ils n'ont pas l'air de péter la forme.

ET POURQUOI TRIMBALLENT-ILS DES HACHES ET DES MASSES ?

AGAAAAH.

CE SONT DES VIKINGS À VÉLO OU EN RANDO, ET ILS VONT FRAPPER BIENTÔT !

NOTE : JUSTE PARCE QUE JE SUIS BARBU, QU'ON N'AILLE PAS CROIRE QUE JE SUIS UN VIKING.

NOTE 2 : ÇA NE VEUT PAS DIRE NON PLUS QUE JE SUIS UN LOUP-GAROU.

Les enfants de l'école au bout de la rue me traitent de toutes sortes de noms, qu'ils me lancent quand je passe devant la cour à l'heure du déjeuner avec mon chou.

C'est le dernier de ces surnoms qui me dérange le plus.
Comme beaucoup d'hommes, j'ai choisi d'avoir une barbe parce que

1. Se raser et les rasoirs = **VAD**.

2. Une barbe, c'est un **REMBOURRAGE FACIAL NATUREL** en cas de glissade.

3. Une barbe, ça m'embellit carrément. (Gretel m'a dit un jour que j'avais « une barbe ravissante ».)

Merci.

Mais ça ne fait **PAS** de moi un loup-garou.

CINQ RAISONS QUI NE FONT CARRÉMENT PAS DE MOI UN LOUP-GAROU

1. Un loup-garou est un **MONSTRE MYTHIQUE** mi-homme mi-bête. Il sort au moment de la pleine lune et **DEVIENT LOUP**.
Tandis que moi, je reste **DEDANS** quand la lune brille, pleine ou pas,
PARCE QU'IL FAIT NUIT ET QUE LA NUIT EST NOIRE ET DANGEREUSE.

2. Un loup-garou, comme un chien, aime qu'on le caresse et qu'on le chatouille. Si l'on s'approche d'un loup-garou en toute confiance, qu'on lui caresse la tête et lui chatouille le ventre, il se couchera sur le dos, l'air content, en tirant la langue. Mais si l'on me fait ça à moi, je réagirais en disant : « Sérieux, quelle mouche vous pique ? »

3. Si on lance un bâton à un loup-garou, il se fera un plaisir d'aller le chercher et de le déposer aux pieds du lanceur. Si l'on me fait ça à moi, je piquerais une colère parce que

LE LANCER DE BÂTONS EST DANGEREUX.

4. Si vous emmenez un loup-garou en voyage en voiture, la vitre à moitié baissée, comme les autres chiens, il passera la tête dehors en se léchant les babines, ses oreilles au vent.

MOI, JE NE FERAIS JAMAIS ÇA.

Je resterais assis, ma ceinture de sécurité bouclée et je vous préviendrais si vous roulez trop vite.

5. Enfin, un loup-garou ne s'intéresse **PAS** à la **PRÉVENTION DU DANGER.**

Il ne s'inquiète ni d'une mamie robot ni d'être enseveli sous une chouvalanche.

Il ne porte pas de casque.

Un loup-garou **EST L'INVERSE D'UN DANGÉROLOGUE.**

PAR CONSÉQUENT, JE NE SUIS PAS UN LOUP-GAROU.

Merci.

VÉRIFICATION DE SA POSTURE !

S'assurer qu'on est assis, le dos **BIEN DROIT** comme mentionné page 10. Vérifier aussi que **SA CHAISE N'EST PAS EN FEU** pendant qu'on lit ça.

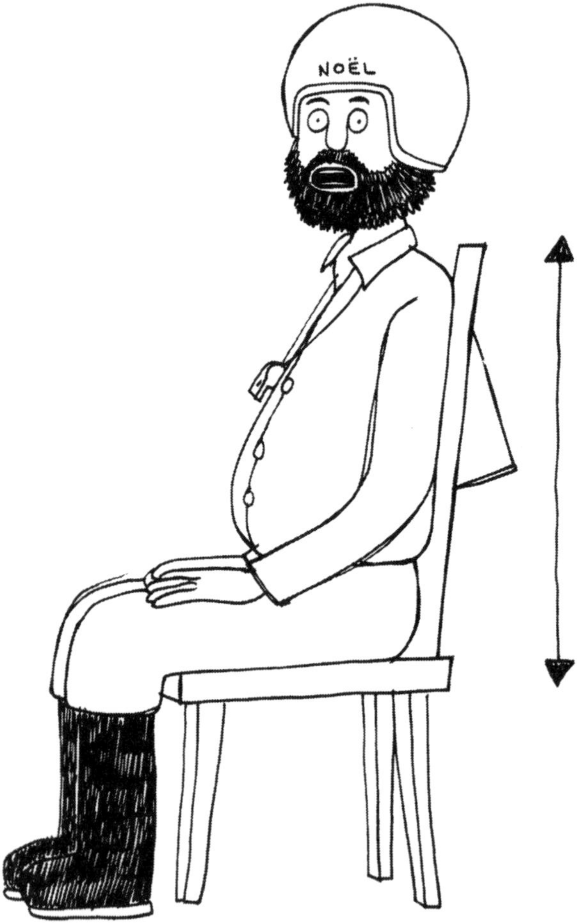

Enfiler maintenant une nouvelle paire de chaussettes car on va s'atteler aux choses que les **DANGÉROLOGUES CRAIGNENT LE PLUS.**

LA NEIGE

Difficile d'imaginer plus dangereux que la neige. Sauf peut-être si le sol était couvert de billes et que l'on y marchait les yeux bandés. Avec, dans les parages, un requin ailé voletant en piqué depuis les arbres. Et n'ayant rien mangé depuis plusieurs jours. Et que l'on soit recouvert de sandwiches de la tête aux pieds.

Mais dans ce cas du moins, on pourrait aspirer les billes. Et téléphoner à un chasseur de requin ailé ou à celui à qui on téléphone quand on voit un requin ailé. Mais contre la neige, **IL N'Y A RIEN À FAIRE NI PERSONNE À QUI TÉLÉPHONER.**
Oui, bien sûr, on peut l'enlever à la pelle, **MAIS D'AUTRE NEIGE VIENDRA LA REMPLACER. ELLE EST COMPOSÉE DE MINI-FLOCONS DE DANGER CONGELÉ.**

TTDTPETDAQ

LA NEIGE

1. La bonne chose à faire quand il neige, c'est de **RAL**. Rester couché avec un grand livre et un tas de choux délicieux en attendant que ça fonde.

2. Mais les gens restent-ils au lit ? NON. Ils font juste le contraire.

ILS SORTENT ET FONT DES CHOSES INCROYABLEMENT DANGEREUSES !

De la luge !

Des batailles de boules de neige !

Du patinage !

ILS SORTENT SANS METTRE DE GANTS !

Toutes ces choses-là,

ON NE DOIT JAMAIS LES FAIRE.

3. Si vous tenez vraiment à sortir, la première chose à faire, c'est de vous **DÉBARRASSER DE TOUTE LA NEIGE.** Ce qui est facile, dans votre jardin, en **ALLUMANT DIX BARBECUES.**

Ne rien faire cuire, néanmoins ! **ÇA POURRAIT PRENDRE FEU !**

Il suffit d'attendre que la neige fonde. Si vous arrivez à vous en débarrasser complètement, félicitations. Vous avez transformé une situation **VAD** en une situation **PSD**.

NOTE : C'est la seule utilisation d'un barbecue que j'approuve.

4. UN INSTANT ! Avant de faire quoi que ce soit, il faut **VOUS HABILLER POUR AFFRONTER LA NEIGE.**

Une **COMBI-DANGER** normale n'est pas assez chaude pour la neige, il faut donc porter un **ENSEMBLE COMBI-POLAIRE ANTI-NEIGE.**

5. UN DRAPEAU DE CASQUE préviendra les sauveteurs si jamais vous restez coincé sous une congère et un **COR DES ALPES** est essentiel au cas où vous vous perdriez dans le blizzard.

NOTE : NE PAS UTILISER DE TROMPETTE

(voir page 170).

6. Les chaussures qui conviennent pour la neige sont des **SOU-LITS.**

C'EST QUOI DES SOU-LITS ?

Des **SOU-LITS** sont des chaussures fabriquées avec des lits.

On ne peut pas se déplacer très vite avec **(UN BON POINT)**, et leur pointure rend très difficile toute espèce de chute.

Et si jamais on se débrouille pour faire une chute, on atterrit **SUR UN LIT MOU ET MOELLEUX.**

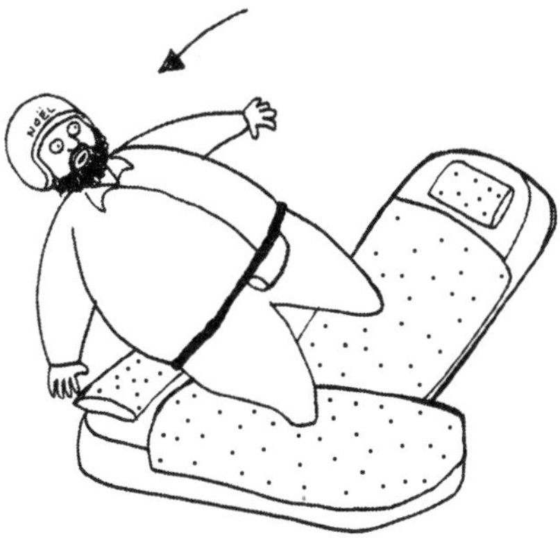

7. Une fois votre jardin nettoyé de sa neige, il est temps de vous procurer des **PELOTES DE LAINE BLANCHE.** Les **BATAILLES DE PELOTES DE LAINE** sont beaucoup moins dangereuses que les batailles de boules de neige, et une pelote de laine fourrée dans le cou ne fait pas pousser de cris de chat qu'on égorge.

8. Puis, une fois rassemblées toutes les pelotes, il est temps de fabriquer un **BONHOMME DE LAINE**. Utilisez un chou de Bruxelles pour son nez et pour le fun, et coiffez-le de son propre casque. Le truc génial avec un **BONHOMME DE LAINE**, c'est qu'il ne fondra pas. Et que si on l'aime vraiment bien, on peut se tricoter avec une combi en laine qui servira de pyjama.

9. Sortir dans son jardin couvert de neige **EST INCROYABLEMENT DANGEREUX.**

Et si jamais ses **SOU-LITS** gelaient et qu'on se retrouvait immobilisé ?

Les garnements de l'école du bout de la rue ne viendraient certainement pas vous donner un coup de main. Ils vous bombarderaient plutôt de boules de neige en vous traitant d'**ABOMINOËLABLE HOMME DES NEIGES** si votre prénom est Noël

(BASÉ SUR DES FAITS RÉELS).

10. Autre **TERRIBLE DANGER :** le risque de trébucher dans son jardin sur un objet recouvert par la neige. Il y a trois ans, j'ai trébuché sur Dennis et me suis cassé le bras. Je m'assure désormais qu'il reste à l'intérieur chaque soir après sa promenade.

PRENDRE GARDE À TOUT CE QU'ON PEUT TROUVER DANS UN JARDIN !

Par exemple, un râteau, un tuyau d'arrosage ou un **NAIN DE JARDIN.**

NAIN + NEIGE = VAD

RAPPEL : porter toujours un paquet de cartes sur soi au cas où on serait pourchassé par un ours blanc.

BRAVISSIMO

d'avoir atteint cette partie du livre.

L'EDDADDUDPJ se rapprochant rapidement, il est vital de **RESTER VIGILANT ET EN PARFAITE CONDITION PHYSIQUE**. Il est peut-être temps de manger un morceau, genre mon aliment préféré après les choux : le **PAIN GRILLÉ**.

TTDTPETDAQ

COMMENT FAIRE GRILLER DU PAIN (EMLASLS)

1. Avant de faire griller du pain, commencer par **DUPDDer** un peu. Déblayer en totalité son jardin (ça ne me prend jamais très longtemps). **TOUT** doit dégager. Si l'on a une remise, elle peut prendre feu. Donc s'en débarrasser. Idem pour les arbres et les buissons. Ils doivent dégager. Une fois son jardin entièrement déblayé, le recouvrir de feuilles d'alu. Compter une bonne centaine de rouleaux.

x 100

2. Placer le grille-pain au centre du périmètre.

3. Enfiler une combinaison totalement ignifugée, gants et masque compris. Si l'on n'en possède pas une, une combinaison spatiale fera l'affaire. Si l'on n'en possède pas non plus, se contenter d'une simple armure.

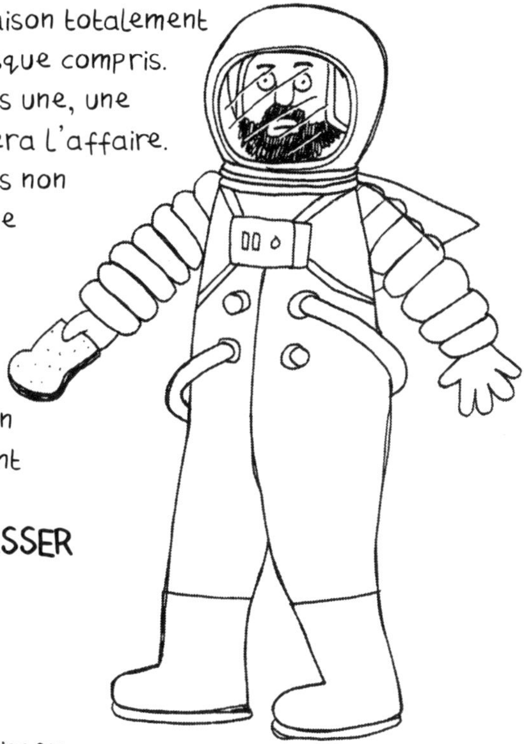

S'approcher lentement du grille-pain et y glisser prudemment une tranche de pain.

NE PAS ENCORE ABAISSER LA POIGNÉE !

4. Se préparer à abaisser la poignée du grille-pain avec une balançoire à bascule.

C'EST LA SEULE UTILISATION D'UNE BALANÇOIRE QUE J'APPROUVE !

Mais **NE PAS ENCORE L'ABAISSER !** Il faut d'abord compter à rebours.

5. COMMENCER LE COMPTE À REBOURS DU GRILLAGE DU PAIN : CINQ, QUATRE, TROIS, DEUX, UN.

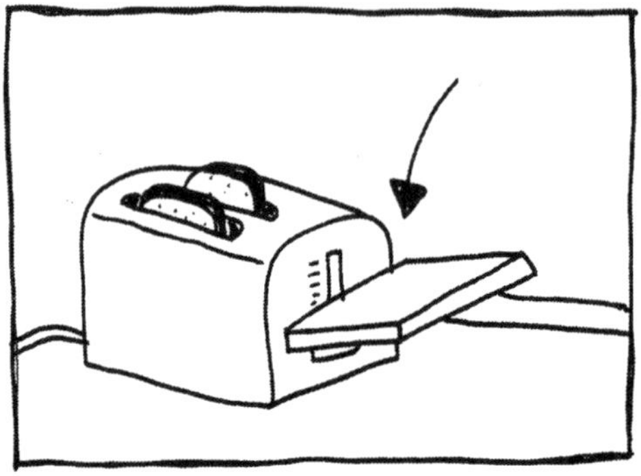

Abaisser **MAINTENANT** la poignée du grille-pain avec la balançoire.

6. RENTRER EN COURANT DANS LA MAISON.

C'est le stade le plus dangereux de l'opération.

À TOUT MOMENT LE PAIN GRILLÉ PEUT EXPLOSER (CID).

7. Si le pain grillé ni n'explose ni ne s'enflamme, il s'expulsera au bout de trois minutes.

MAIS NE PAS S'EN APPROCHER TOUT DE SUITE !

Attendre encore une bonne heure.

8. Au bout d'une heure, si aucun oiseau ni aucune girafe ne l'a volé, on peut s'approcher du grille-pain à nouveau et se saisir du toast avec des pinces de sécurité.

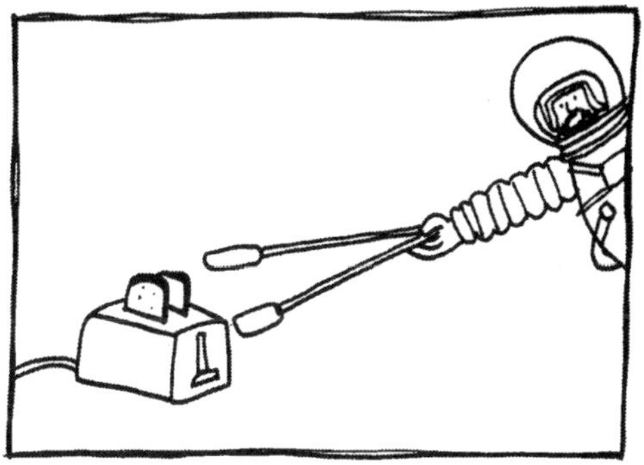

9. Laisser refroidir encore une heure. À présent votre toast est prêt à être mangé et **RED**.

10. Ne pas oublier de retirer sa combinaison spatiale/armure avant de manger.

APPAeAAA

ATTAQUES DE REQUIN À DOMICILE

Heureusement, les attaques de requin sont rares loin de l'océan. Exceptionnellement, en cas d'inondation, un requin peut s'introduire dans une cave ou un jardin, mais cela n'arrive pas très souvent et le requin est très facile à repérer.

Le vrai danger d'une attaque de requin à domicile c'est qu'elle se produise **PENDANT QU'ON EST ASSIS SUR LA CUVETTE DES TOILETTES.**

COMMENT ÉVITER UNE ATTAQUE DE REQUIN DES TOILETTES

1. Ne jamais vous éterniser là.
Le requin des toilettes est très indécis et hésite cinq bonnes minutes avant d'agir.

FAITES DONC VOTRE PETITE AFFAIRE PUIS CIRCULEZ, Y A RIEN À VOIR.

2. NE mangez **JAMAIS** pendant que vous êtes aux toilettes, **DES SANDWICHES** en particulier.
Même si le requin des toilettes mange tout ce qu'il trouve, il est surtout friand de **SANDWICHES**.

3. LE REQUIN DES TOILETTES DÉTESTE LE JAZZ.
Si vous avez peur d'être attaqué par un requin des toilettes, chantez un air de jazz.
Ça suffira à le tenir éloigné.

4. RABATTEZ TOUJOURS LE COUVERCLE DES TOILETTES QUAND VOUS AVEZ FINI !

Le requin des toilettes peut tenter de sauter de la cuvette dans le lavabo ou la baignoire. Si vous vous trouvez dans la baignoire, cela peut vraiment mal tourner.

Votre seule chance est alors d'essayer de le piquer avec une brosse à dents ou, mieux encore, avec **UN SERPENT BROSSE À DENTS.**

Désolé, j'aurais dû carrément vous rappeler la **PDUDC** avant de vous laisser lire celle-là (voir page 37).

J'EN TREMBLE ENCORE APRÈS L'AVOIR ÉCRITE.

Et j'ai bien peur que les choses soient **LOIN DE DEVENIR MOINS EFFRAYANTES.**

DANGERS MUSICAUX

JOUER D'UN INSTRUMENT

Faire de la musique peut être relaxant et amusant. Pourtant, certains instruments sont le

TIC-TAC BIP-BIP DU RÉVEILLE-MATIN DE LA TERREUR ET DU GRABUGE (TTBBDRMDLTEDG).

Les instruments de musique les plus dangereux sont :

1. LA BATTERIE

Si l'on en joue mal, la batterie fait le bruit de nombreux trucs effrayants : le tonnerre, un gorille tentant de s'échapper d'une ménagerie, des bidons dégringolant dans un escalier ou la charge d'une horde d'éléphants.

Ce dernier exemple est **PARTICULIÈREMENT DANGEREUX** car si l'on s'y connaît un peu en éléphants, on sait que ce qui les fait charger **C'EST LE BRUIT DE LA CHARGE D'AUTRES ÉLÉPHANTS.**

CONCLUSION : NE JAMAIS FAIRE DE LA BATTERIE À PROXIMITÉ D'ÉLÉPHANTS.

En fait, entendre jouer de la batterie fait charger toute espèce d'animaux, donc mieux vaut ne jamais le faire à proximité d'animaux. Certaines charges sont plus dangereuses que d'autres.

Charge de poissons tropicaux **(PSD)**

Charge de chatons **(DUPPD)**

Charge d'éléphants **(VAD)**

2. LA TROMPETTE

Si la trompette peut être très utile pour supprimer un serpent brosse à dents, attention quand même. Jouer faux de la trompette dans une zone montagneuse peut entraîner des **CHUTES DE PIERRES** en été et des **AVALANCHES** en hiver.

Le son de la trompette en bord de mer peut passer pour celui d'une corne de brume et provoquer la panique sur les paquebots croisant au large.

Plus dangereux que tout : le **TARAAAT** d'une trompette peut très bien être confondu avec le **TARAAAT** d'un pet de vampire et risque **D'ATTIRER D'AUTRES VAMPIRES.**

3. L'ACCORDÉON

C'est le seul instrument qui **PEUT VOUS ATTAQUER**. Lourd, étirable, poussant des gémissements de dinosaure, l'accordéon vous laisse croire que vous commandez **JUSQU'À CE QU'IL DÉCIDE DE PRENDRE LE POUVOIR**. Alors vous vous retrouvez coincé dessous jusqu'à ce que quelqu'un vienne le soulever et vous libérer.

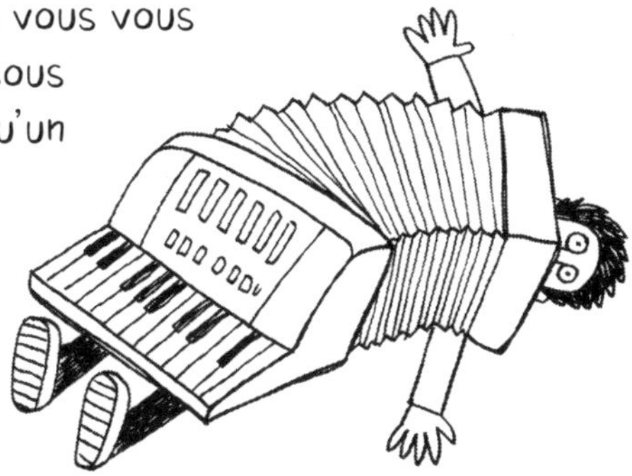

4. LA FLÛTE À BEC/LE PIPEAU/LA FLÛTE TRAVERSIÈRE

Ces instruments à vent sont moins bruyants que les autres, mais tout aussi dangereux. Leurs aigus évoquent le cri d'un oiseau en détresse, ce qui peut rameuter une équipe de secours d'autres membres de la famille de ce volatile. C'est mignon tout plein s'il s'agit d'une perruche, ou même d'une chouette apprivoisée, **MAIS PAS DU TOUT MIGNON DANS LE CAS D'UNE AUTRUCHE OU D'UN ÉMEU**.

5. LE MORSE PIANO

Il tire son nom de sa forme caractéristique et de ses dents noires et blanches. On peut le confondre facilement avec un piano à queue, échoué sur une plage.

ATTENTION :

Ne jamais essayer de jouer du morse piano !
Ce n'est pas un piano. **C'EST UN MORSE.** Ne même pas s'en approcher. Le morse piano est un animal très hargneux. Si on le réveille en sursaut en appuyant sur ses dents, ça le rend **TRÈS** mécontent.

C'est pourquoi de nombreux pianistes célèbres ont toujours dans leur poche du poisson pourri. Ils l'agitent souvent devant le clavier d'un piano qu'ils ne connaissent pas. Une fois certains que ce n'est pas un morse, ils donnent leur récital.

QUELQUES INSTRUMENTS DE MUSIQUE SANS DANGER

1. LE VIOLON

Avec toutes ses cordes, le violon produit un son horrible. Genre un vieux matou sous la pluie. Mais en supprimant toutes les cordes, on supprime tout ce son. Alors on peut fredonner sa chanson préférée tout en sciant du bois en silence.

2. LE TUBA

Tout comme la trompette, le tuba fait un bruit horrible quand on souffle dedans. Alors pourquoi ne pas le remplir de terre, le laisser dans le jardin et y faire pousser des fleurs ? C'est bien plus relaxant que de l'écouter.

3. LE CHOU

Certaines personnes objecteront que le chou n'est pas un instrument de musique. Ne les écoutez pas. Écoutez plutôt le son magnifique que fait un chou quand on tape dessus avec une cuillère en bois.

Utilisez maintenant un chou légèrement plus petit et tapez dessus.

C'EST ÇA ! Un poum légèrement différent.

Alignez maintenant huit choux pour fabriquer un **CHOUX-O-PHONE** et interprétez vos airs choux préférés :

★ « Sur le chou d'Avignon... »

★ « Bon anniversaire, nos choux les plus sincères... »

★ « La 5e chouphonie de Beethoven »

CONTES DE FÉES
relaxants
DU DOCTER NOËL

(EMLASLS)

BRAVO ! Vous êtes parvenu jusqu'ici sans que rien de vraiment mauvais ne vous soit arrivé.

Comme récompense, voici un autre classique du conte pour enfants dans une version légèrement remaniée par moi.

Les Trois Petits Cochons

Il était une fois trois petits cochons qui vivaient dans la forêt. Ils habitaient là car ils s'étaient échappés de la ferme après une dispute avec le fermier. Ils contestaient le fait de devoir être transformés en saucisses.

Le fermier s'était montré tout à fait pour cette idée. Eux s'étaient déclarés farouchement contre.

Pour finir, ils avaient décidé de s'enfuir de la ferme en se faisant passer pour des produits recyclables.

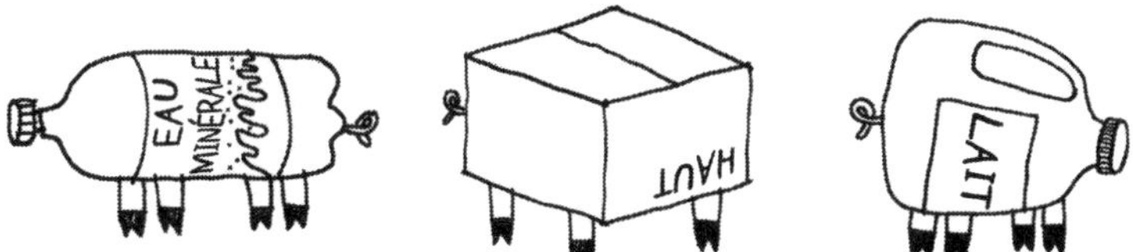

Une fois dans la forêt, ils constatèrent bien vite qu'il fait plutôt froid sous les arbres. Et qu'on y trouve aussi des araignées velues.
Un écureuil leur fit part d'une rumeur comme quoi un loup y rôderait.

Ils songèrent à revenir à la ferme, mais se rappelèrent le problème des saucisses. Ils décidèrent alors de rester dans la forêt et d'y construire de quoi se loger.

Heureusement, l'un des trois petits cochons en connaissait un rayon en bâtiment (il y avait eu des travaux de construction à la ferme quand il y vivait et c'était un grand fouineur).

Il entreprit donc de construire des maisons avec des matériaux des plus nouveaux et des plus étranges, munies de systèmes d'alarme et de caméras de vidéosurveillance.

Par la suite, une rumeur leur apprit que le loup était venu une nuit et avait essayé de pénétrer dans la maison en soufflant dessus, ce qui est une façon très bizarre d'entrer. Franchement, qui entre dans une maison en soufflant dessus comme un perdu ?

S'il avait été une baleine, peut-être qu'il aurait réussi à faire tomber la porte à l'intérieur en soufflant un panache d'eau via son évent.

MAIS QUE FABRIQUERAIT UNE BALEINE DANS UNE FORÊT ?

Bref, les maisons des trois petits cochons tinrent le coup encore dix ans, pour leur plus grand bonheur. Jusqu'au jour où un volcan entra en éruption non loin de là et où toute la forêt et les fermes voisines (y compris celle du fermier) furent recouvertes de lave et où les trois petits cochons finirent rôtis de toute façon.

MORALE : NE PAS BÂTIR SA MAISON PRÈS D'UN VOLCAN.

Parce que

LE DANGER EST PARTOUT

GUIDE DE DANSE DU DOCTER NOËL

Lesté de toute cette **DANGÉROLOGIE INCROYABLEMENT IMPORTANTE ET SÉRIEUSE**, on se demandera sans doute comment je me détends. Que fait le Docter Noël Zone pour décompresser et échapper à tout ça ?

Cela pourra surprendre mais j'adore danser. Tout le monde naît avec un don ou un talent. Il semblerait que j'en ai deux :

LA DANGÉROLOGIE

et

LA DANSE.

1. LA BREAKDANCE

Comme vous l'aurez compris, si vous avez lu un peu attentivement ce livre, la breakdance normale est **BEAUCOUP** trop dangereuse.

Avec TOUS ces sauts et autres rotations acrobatiques, bras et jambes projetés en tous sens,

C'EST EN FAIT DU KARATÉ SANS KIMONO.

Cependant, j'ai inventé quelques nouveaux mouvements de breakdance, parfaitement inoffensifs.

LE GRILLE-PAIN

On connaît tous le mouvement du Robot. **MAIS SI JAMAIS UN VRAI ROBOT NOUS VOYAIT LE FAIRE ET NOUS EMBARQUAIT SUR SA PLANÈTE ROBOT ?** Non, une version bien moins dangereuse du Robot, c'est **LE GRILLE-PAIN**. Ce mouvement condense toute l'excitation de l'attente pendant la préparation de mon deuxième aliment préféré.

COMMENT FAIRE LE GRILLE-PAIN

FIGURE 1 :
S'accroupir.

FIGURE 2 :
3 minutes après, se relever.

LE CHATON ENDORMI

On connaît peut-être un autre mouvement de breakdance – celui de la Chenille – qui implique de se jeter au sol et de faire onduler son corps.

Voici tout ce que j'ai à dire à propos de la Chenille :
CID !

J'ai choisi un animal bien moins dangereux sur lequel baser mes mouvements :
LE CHATON ENDORMI.

COMMENT FAIRE LE CHATON ENDORMI

FIGURE 1 :
S'allonger sur le sol.

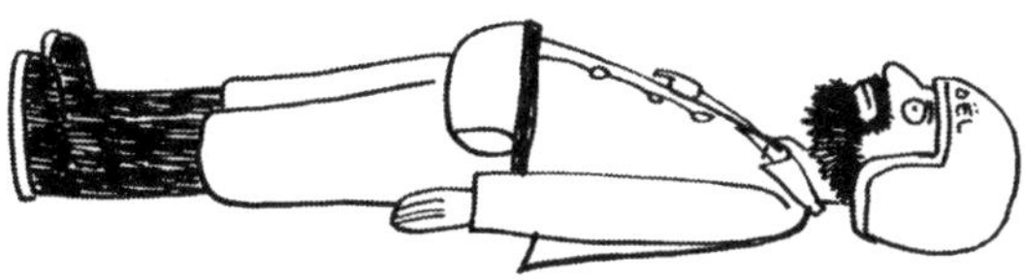

FIGURE 2 :

Ne pas bouger, mais de temps en temps pousser un « miaou miaou » comme un chat faisant un rêve de chat.

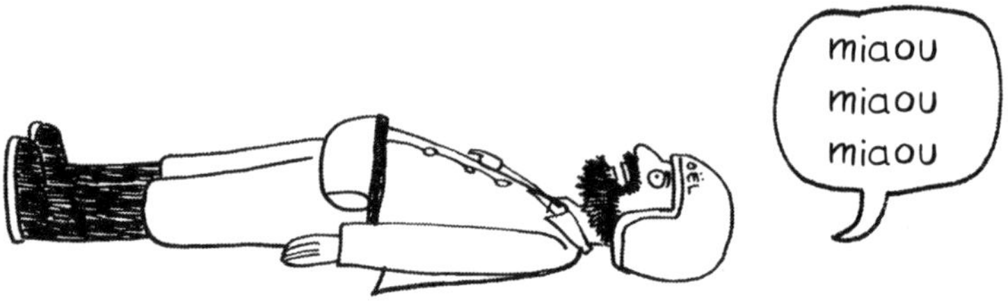

FIGURE 3 :

C'est tout.

Semblable au Chaton Endormi, un mouvement que m'a inspiré Dennis :

LE CAILLOU

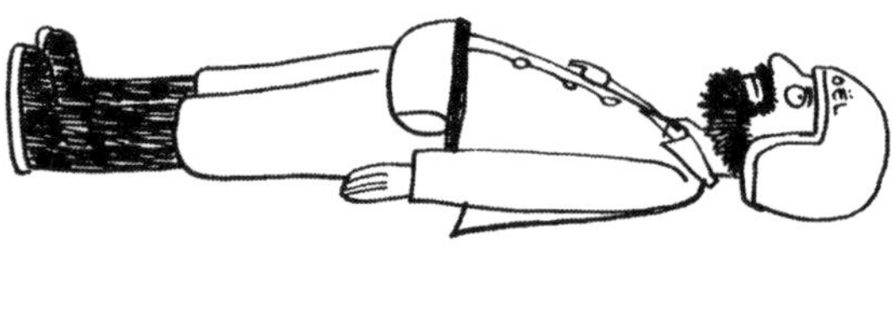

C'est la même chose que le Chaton Endormi mais sans miaou.

2. LE BALLET

Je pleure toujours en assistant à un ballet. Non pas à cause de la beauté des pas de danse, **MAIS DU DANGER. POURQUOI TOUT LE MONDE Y COURT PARTOUT SUR LA POINTE DES PIEDS ?**

Si jamais quelqu'un trébuche, **TOUS LES AUTRES S'ÉCROULERONT COMME UN CHÂTEAU DE CARTES FROUFROUTANT.**

Voici des ballets que l'on peut danser en toute sécurité.

LE PARKING DES CYGNES

Semblable au célèbre Lac des Cygnes, sauf que le cygne se dandine dans le parking voisin du lac. Il mange de temps en temps du pain et lance des cris discordants aux canards et aux voitures.

LE CASSE-NOISETTE 2

Dans le Casse-Noisette 2, la suite du Casse-Noisette, les noisettes sont déjà toutes cassées. Donc il suffit de s'attabler en tutu et de les manger.

3. LA DANSE DE SALON

Le principal danger, ici, c'est de lancer sa partenaire dans le décor. Par la fenêtre, au plafond ou sur un meuble.

Le truc pour rendre cette danse plus sûre, c'est d'utiliser une musique calme.
Choisir autre chose que de la musique rock ou de big band. Pourquoi ne pas se débarrasser de toute musique et la remplacer en fond sonore par un bulletin météo ou un documentaire radio sur l'histoire de la chaussette ?

Et pourquoi ne pas substituer un chou à sa partenaire ?

Le grand avantage de danser avec un chou, c'est de pouvoir imaginer qu'on danse avec qui on veut.

Même avec celle qui vous a vendu ce chou-là dans son magasin.

APPAeAAA

FANTÔMES

(O.K., O.K., je sais que les fantômes ne sont pas des animaux, donc l'intitulé devrait être **APPAeAAF**.)

Le premier truc à savoir sur les fantômes, c'est que ce que tout le monde prend pour des fantômes **NE SONT JAMAIS DES FANTÔMES**, mais des tuyaux qui claquent ou le vent qui souffle par des fentes ou un grand frère taquin qui, avec une lampe électrique et sous un drap, fait des bruits de fantôme.

Le deuxième truc que tout le monde ignore sur les fantômes, c'est qu'ils sont **MORTELLEMENT ENNUYEUX**. J'en connais certaines (Katherine et Millicent) qui me trouvent mortellement ennuyeux. Alors, imaginez combien ça doit être ennuyeux pour que je vous décrive ça comme mortellement ennuyeux.

L'autre truc important à savoir sur eux, c'est que **LES FANTÔMES ONT VRAIMENT PEUR DE TOUT**. Du tapage, des guêpes, de leur ombre.

Mais ce qui les **TERRIFIE** par-dessus tout, ce sont :

LES BULLES.

Une seule bulle soufflée dans sa direction suffit à faire pousser des hauts cris à n'importe quel fantôme, qui déguerpit et disparaît à jamais.

Si jamais un fantôme vous cause du souci, sortez donc votre kit de bulles de votre **BDSP** et préparez-vous à transformer son **HOOOOU** en **POOOOUAH**.

DENNIS

Votre **EDDADDUDPJ** approchant à grands pas,
je crains bien que nous devions encore aborder
plusieurs catégories de dangers vraiment terribles,

à commencer par la nuit de l'année
que tout **DPJ** redoute par-dessus tout.

HALLOWEEN

C'est comme si **QUELQU'UN AVAIT ESSAYÉ D'IMAGINER LE COMBLE DE LA NUIT QUI ME CONTRARIERAIT LE PLUS.**

Tous ces gens qui se déguisent et se baladent dans le noir en cherchant à se faire peur mutuellement ? Qui maquillent leurs maisons en maisons hantées avec des crânes, des chauves-souris et des éclairages flippants ?

TAILLADANT DES CITROUILLES AVEC DES COUTEAUX AIGUISÉS AVANT D'ALLUMER DU FEU À L'INTÉRIEUR ?
NON ! NON ! CID ! VAD !

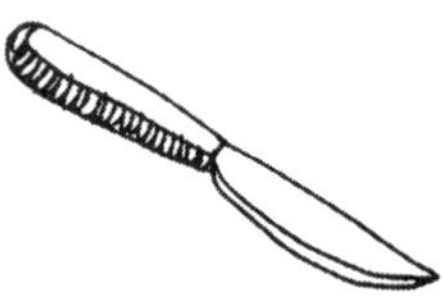

Mais, pour une raison X ou Y, mes nièces, Katherine et Millicent, adorent ça. Aussi, cette année, j'ai essayé de leur montrer comment fêter Halloween sans danger et en s'amusant tout autant, **EMLASLS.**

1. COSTUMES

Je n'ai rien contre les déguisements. Simplement, de nombreux costumes sont **TRÈS DANGEREUX EN SITUATION D'URGENCE.**

Imaginez-vous costumé en pirate et qu'**UNE BANDE DE VRAIS PIRATES, EN VOUS APERCEVANT, VOUS PROVOQUENT EN DUEL AU SABRE ?**

CID !

Imaginez qu'un lion s'échappe du zoo

ET QUE VOUS SOYEZ DÉGUISÉ EN ZÈBRE !

VAD !

Et pourquoi les costumes d'Halloween sont-ils faits pour effrayer autant ?

Avec un brin d'imagination, ils peuvent être sans danger et amusants.

2. DÉGUISEMENTS SANS DANGER OPTIONNELS

Mini-costume de Docter Noël Zone : voir mon palmarès des pour et des contre en matière de mode (page 129) pour avoir un aperçu complet.

Allez ensuite frapper aux portes, en lisant des passages de cet ouvrage.

Vous-même, hier : ce costume implique que l'on porte ce que l'on portait la veille, peu importe quoi.

Vous-même, demain, connu aussi sous le nom de **MOI DANS L'AVENIR** : ce costume implique que l'on porte les vêtements que l'on porte aujourd'hui et portera demain.

Vous-même, ce soir : ce costume implique que l'on enfile son pyjama et se mette au lit de bonne heure. C'est le costume le moins dangereux de tous.

Voici les déguisements que j'ai conçus pour Millicent et Katherine.

Millicent est costumée en chou.
J'ai utilisé pour ça 35 choux provenant de
LA CABANE AUX CHOUX DE GRETEL.
Sous toutes ces feuilles, je suis sûr qu'elle est ravie.

L'autre grand avantage de ce déguisement, c'est qu'ensuite je fais bouillir les choux et en fais de la soupe que je donne à ceux qui viennent me demander : « farce ou friandise ? »

J'ai déguisé Katherine en mon animal favori :
LE CAILLOU.
J'y suis arrivé en la recouvrant d'un tapis de galets.

Malheureusement, ça rend ce costume trop lourd pour marcher avec, donc je dois la promener dans une brouette.

FARCE OU FRIANDISE ?

Comme c'est **BIEN TROP DANGEREUX** d'aller d'une maison à l'autre dans le noir, j'ai emmené les filles faire leur tournée très tôt le matin. Personne n'était encore réveillé : une bonne chose car personne n'a ouvert sa porte. Donc, **PAS DE BONBONS MAUVAIS POUR LA SANTÉ**.

À ceux qui viennent demander un bonbon ou un pinçon dans LA **ZONE DE DANGER**, outre la soupe aux choux, je leur tends chaque année une brochure que j'ai écrite pour une fête d'Halloween sans risque. Mais, à dire vrai, plus personne ne vient sonner à ma porte.

Gretel a beaucoup plus de visiteurs que moi. Elle doit leur offrir un truc bien plus délicieux que de la soupe aux choux.

L'an dernier, pendant que j'attendais le premier visiteur planté dans mon jardin, j'ai remarqué qu'elle recevait quelqu'un de bien âgé pour jouer à farce ou friandise et déguisé en femme-flic.

J'ai entendu Gretel parler de son nain de jardin (M. Chomsky) qui avait disparu. Gretel donnait à sa visiteuse le signalement de M. Chomsky, et je compris bientôt que celle-ci était vraiment de la police.

Elle a informé Gretel que la police ne pouvait pas faire grand-chose en cas de kidnapping de nain. Que les gamins du coin avaient dû vouloir lui faire une farce, et qu'ils le remettraient en place bientôt.

Gretel avait une voix triste et j'ai failli escalader la palissade pour aller lui parler. Mais je me suis rappelé alors que j'avais eu affaire à cette même femme-flic lors de l'incident du bassin/crocodile et qu'elle m'avait dit que je ne pouvais pas pénétrer dans le jardin des voisins sans leur autorisation.

PAUVRE GRETEL.

Tout le monde a besoin de faire un break de temps à autre, mais ne pas oublier que
LE DANGER NE PREND JAMAIS DE VACANCES.

TTDTPETDAQ

PARTIR EN VACANCES

1. N'allez pas trop loin ! Ma comptine vous aidera à ne pas oublier les deux règles d'or :

Plus on va loin,
Moins les choses vont bien

et

Emportez une boîte repas de taille moyenne pleine de sandwiches

Et revenez quand vous avez fini de manger tous les sandwiches

(La seconde ne rime pas aussi joliment.)

2. Les vacances au camping ou en caravane, c'est l'éclate. Mais pourquoi ne pas garer la caravane devant chez soi ? Et pourquoi ne pas camper dans son jardin ? Ou si l'on n'a pas de jardin, pourquoi ne pas planter sa tente dans son salon ? Dans ce cas, on n'a pas besoin d'aller loin pour se procurer un supplément de sandwiches.

3. Les vacances en bateau ou en péniche, c'est une idée, mais rivières et canaux sont **SI DANGEREUX**. Pourquoi ne pas installer la péniche sur une remorque et la garer devant chez soi ?

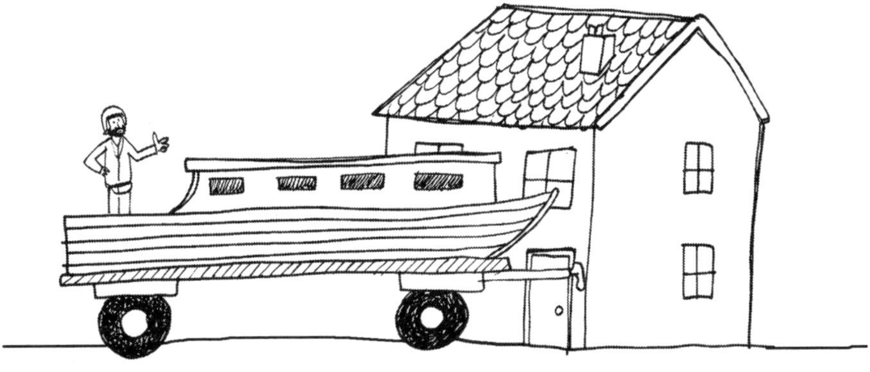

4. Des choses terribles peuvent arriver en vacances sur un paquebot de croisière. **ET LES PIRATES ? ET LES REQUINS ?** Et si le bateau sombre et que l'on doit nager jusqu'à une île déserte **ET QUE L'ON DÉTESTE LES NOIX DE COCO ?** Mieux vaut oublier.

5. En visite sur le bord de mer, ne pas oublier l'équipement de base : écran total, T-shirt protecteur et plein d'eau à boire.

6. Ne pas oublier les autres articles essentiels tels que le harpon à requins, le radar à méduses et un système anti-attaque de mouettes.

7. Pêcher en vacances est décontractant **JUSQU'À CE QU'ON ATTRAPE QUELQUE CHOSE.**
Et si on attrape un requin ? Ou une pieuvre ? Ou encore un pieuvrequin (une pieuvre tenant un requin dans chacun de ses huit tentacules) ? S'assurer de ne jamais attraper quelque chose sans hameçon au bout de sa ligne. Et gare aux vagues. Mieux vaut rester assis dans sa voiture et s'imaginer qu'on pêche.

8. Un safari ? **UN SAFARI !** Comme si la vie n'était pas déjà assez dangereuse comme ça. Pourquoi ne pas prendre des vacances dans un nid de guêpes **OU SÉJOURNER DANS UNE FAMILLE DE SERPENTS À SONNETTE,** tant qu'on y est ?

9. SPORTS EXTRÊMES ?
Descente en eau vive ? **Kitesurf ? Saut à l'élastique ?**

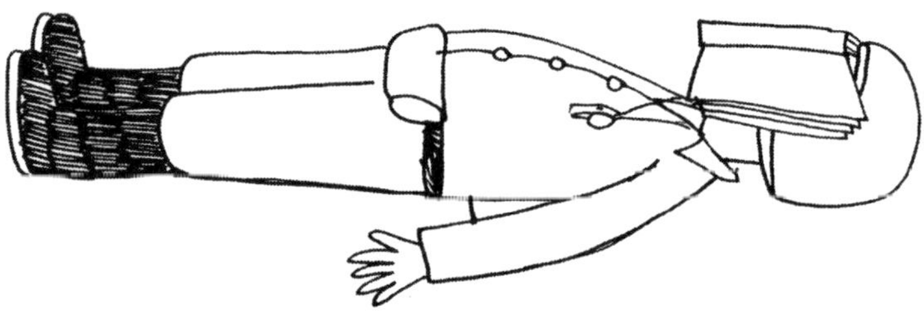

(Désolé, mais j'ai dû m'allonger avec le livre ouvert à la **PDUDC** sur ma figure pour récupérer après avoir simplement écrit ces mots-là.)

10. Au lieu de partir en vacances, pourquoi ne pas rester chez soi et **FAIRE SEMBLANT D'ÊTRE ALLÉ EN VACANCES ?**

Mettre le chauffage à fond et décorer partout avec des bananes pour recréer une île tropicale à domicile. Laisser la porte du frigo congélo ouverte et enfiler sa combi douillette pour simuler un séjour au ski.

Envoyer une carte postale à Gretel, en lui écrivant « J'aimerais bien que tu sois là », comme d'habitude, mais sans oublier cette fois de **SIGNER SON NOM** au bas, pour qu'elle sache qui la lui envoie.

Restez concentrés et mémorisez !
L'**EDDADDUDPJ** ne cesse de se rapprocher.
Pensez juste au bien que ça vous fera de signer votre nom au bas de ce **DDD** !
Pourtant, la partie qui vient ne sera pas une partie de plaisir à lire, car elle est

VRAIMENT

VRAIMENT

TERRIFIANTE.

APPAeAAA

LA PIEUVRE BOÎTE AUX LETTRES

On adore tous recevoir une lettre ou une carte postale par courrier, mais les gens n'en envoient plus autant qu'avant. Certains disent que c'est à cause du nombre croissant de mails et de textos, mais je dis, moi, que c'est à cause d'autre chose :

LA PIEUVRE BOÎTE AUX LETTRES

LA PIEUVRE BOÎTE AUX LETTRES (ou PIEUVOÎTETTRE) est une espèce de pieuvre rare et mystérieuse qui se manifeste de temps en temps à l'angle des rues. Comment elle débarque là, personne n'en est sûr, mais il paraît **QU'ELLE SE FAUFILE ET SE HISSE VIA LES CANALISATIONS ET ÉGOUTS.**

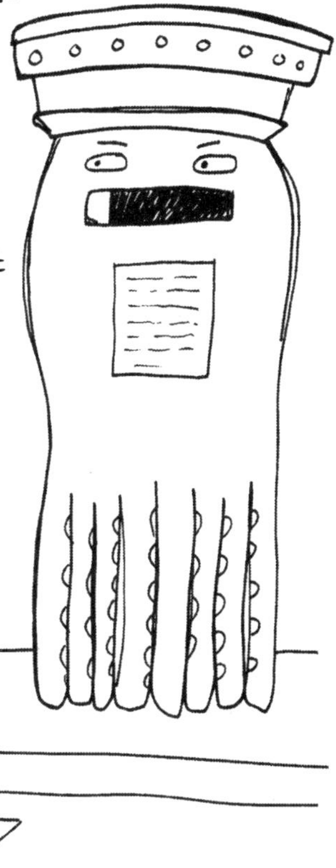

Ayant découvert un endroit propice,

ELLE PREND L'APPARENCE D'UNE BOÎTE AUX LETTRES

- verte, dans certains pays, rouge ou bleue dans d'autres - en ouvrant sa grande bouche rectangulaire.

Puis elle attend.

Et quand on pousse la lettre dans la fente avec la main, **ELLE VOUS LA CHOPE.**

Le temps qu'on comprenne ce qui se passe, deux de ses tentacules vous enlacent vite fait bien fait et les six autres vous entraînent le long de la rue en direction de la mer et de son antre.

QUE FAIRE SI ON EST CHOPÉ PAR UNE PIEUVRE BOÎTE AUX LETTRES ?

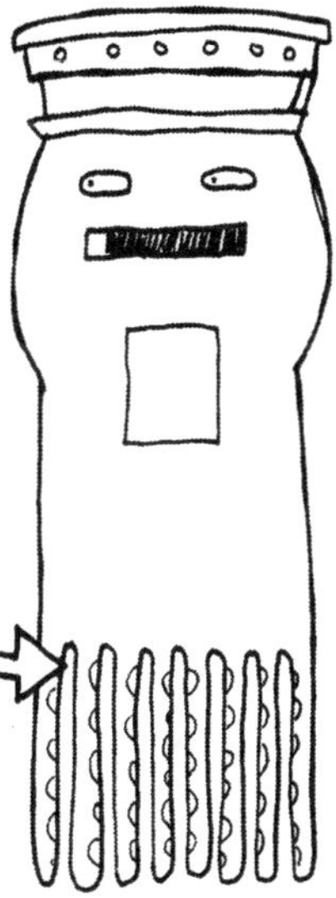

Si posséder de si longs et si nombreux tentacules est la principale force de la pieuvre boîte aux lettres,
C'EST AUSSI SA FAIBLESSE.
Elle est aussi incroyablement chatouilleuse.
On peut crier et donner des coups de pied tant qu'on veut, rien ne se passera. Mais une chatouille au bon endroit la fera tout lâcher et s'écrouler en pouffant.

Ce qui donne le temps de s'enfuir à toutes jambes dans la rue en criant :
CE N'EST PAS UNE BOÎTE AUX LETTRES. C'EST UNE PIEUVRE !

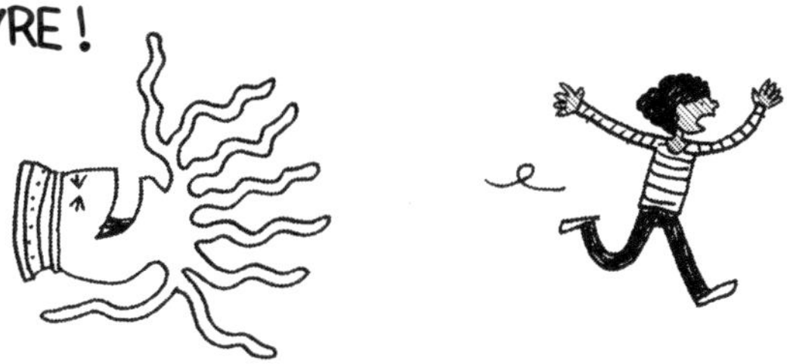

Un préposé du bureau de poste le plus proche viendra vite charger la pieuvoîtettre dans un sac. Puis la videra TRÈS loin au large dans la mer, loin de toute ville où elle pourrait tenter de recommencer. Ah, et puis on sera obligé de récrire la même lettre, perdue corps et biens.

NE PAS ABANDONNER EN SI BON CHEMIN !

Vous y êtes presque !
Vous aurez bientôt votre **MD-DD** perso flottant au vent derrière vous, preuve que vous êtes un **DANGÉROLOGUE** pleinement qualifié (Niveau 1).

Il vous suffit pour cela d'aller au bout des dernières parties de ce livre.

PRÉVENTION DES DANGERS QUOTIDIENS

À L'AIRE DE JEUX DU PARC

Tellement de trucs dangereux peuvent arriver pendant qu'on fait un tour dans le parc. On peut être :

1. Dévoré par une orque pendant qu'on nourrit les canards.

2. Kidnappé par des cygnes pendant qu'on nourrit les canards.

3. Coupé en deux par un Frisbee.

Mais l'endroit le plus dangereux du parc est carrément

L'AIRE DE JEUX.

Je crois qu'on ne devrait pas lui donner ce nom.

On devrait la surnommer **L'AIMANT À ACCIDENTS.**

Il y a tant de choses terribles dont il faut **DUPDDer** à toutes les **PQNEPEEDs.**

Ah, faire de la balançoire à bascule, c'est marrant, hein ?

EH BIEN, QUE SE PASSE-T-IL SI UNE PERSONNE TRÈS GROSSE S'ASSIED À L'UNE DES EXTRÉMITÉS ?

Je vais vous dire ce qui se passe, **QUELQUE CHOSE DE VAD :**

la balançoire se transforme en **CATAPULTE HUMAINE.**

Oh, mais ne croyez pas que

LES AUTRES BALANÇOIRES soient sans danger !

Quand on vous pousse trop fort,

ELLES SE TRANSFORMENT AUSSI EN CATAPULTES HUMAINES !

Et le tourniquet ?

QUE SE PASSE-T-IL QUAND IL TOURNE TROP VITE ?

IL SE TRANSFORME EN... vous avez compris le message.

Avec un brin d'imagination, pourtant, on peut utiliser une aire de jeux pour s'y livrer à des activités sans danger.

LE TOURNIQUET

Si un tourniquet donne le tournis, donc la nausée, c'est aussi un excellent moyen de sécher un chien mouillé.

LE TOBOGGAN

Une autre utilisation possible du toboggan, c'est d'en faire

UN REFROIDISSEUR DE LIQUIDE CHAUD.

Votre soupe, votre thé ou votre café sont trop chauds pour que vous les buviez ? Versez-les simplement le long du toboggan et le temps de les recueillir à nouveau en bas, ils seront assez frais pour être bus. Des restes de soupe empêcheront aussi les enfants de revenir glisser dessus à l'avenir.

PERSONNE N'A ENVIE D'AVOIR LES JAMBES PLEINES DE SOUPE.

LES BALANÇOIRES font de parfaits bacs à fleurs suspendus et **LES PORTIQUES** sont l'endroit rêvé pour étendre sa lessive.

En fin de compte, empilez des briques sous les deux bouts d'une balançoire à bascule et la voilà transformée en **BALANSOFA** où tout un chacun peut venir s'asseoir et boire sa soupe pas-trop-chaude ou attendre que son chien ou son linge sèche.

Ou encore songer aux avis de recherche de nain de jardin que Gretel a placardés sur les lampadaires et les arbres du quartier.

Oh, Gretel.

CONTES DE FÉES *relaxants* DU DOCTER NOËL

(EMLASLS)

Voici le dernier épisode de ma série « les contes de fées sans danger » et je vous avertis :
C'EST DE LOIN LE PLUS TERRIFIANT.

BOUCLES D'OR ET LES TROIS OURS

Un beau jour, le ballon de foot de Boucles d'Or rebondit dans le jardin d'une maison du bout de la rue. En y courant pour le récupérer, elle remarqua sur la porte d'entrée un écriteau où on lisait **LES TROIS OURS**. Non, mais j'y crois pas, se dit-elle. Les ours n'habitent pas dans des maisons. Mais dans des cavernes, dans les bois ou à la télévision. Ou encore, près d'un endroit où on trouve du miel. Ça devait être simplement un nom pas courant, comme le sien qui était Boucles d'Or Cinq-Chèvres.

Elle remarqua alors d'énormes traces de pattes dans l'herbe et sur le sentier. Elles étaient très grandes et semblaient munies de griffes. Les gens d'ici ont peut-être simplement un gros chien, se dit Boucles d'Or Cinq-Chèvres. Mais en provenance de la maison, elle entendit comme un grognement d'ours. « **GRRRRRRRRRREU.** »

Oui, ça doit être vraiment un très gros chien, se dit Boucles d'Or. Alors un scooter s'arrêta et un livreur en descendit d'un bond. « Vous êtes l'une des Trois Ours ? C'est bien vous qui avez commandé des pizzas au miel ? »

Au moment où la porte d'entrée s'ouvrit dans son dos, Boucles d'Or entendit un grognement qui n'était carrément pas celui d'un chien. Elle passa en courant devant le livreur pour se retrouver vite en sécurité chez elle, chez les Cinq-Chèvres.

Elle avait bien fait, car ce soir-là, les ours au dîner dégustèrent leur plat préféré : un livreur accompagné de pizzas au miel.

MORALE :
LES OURS ! AAAAARGH ! CEUAO !

Bienvenue

EN

ZONE DE DANGER

(2e PARTIE)

ON Y EST PRESQUE !

Pour vous faire un petit plaisir, avant le **EDDADDUDPJ** – et maintenant qu'on a appris à se connaître – Dennis et moi, on aimerait vous inviter

Pour être sûr qu'on ne trébuchera pas sur quelque chose, je laisse **DE FORTES LUMIÈRES ALLUMÉES TOUT LE TEMPS.**

Elles sont si fortes que Dennis et moi, on doit porter des lunettes de soleil quand on est à l'intérieur. Ce qui, pourrait-on dire, annule l'intérêt de laisser les lumières allumées, mais d'après moi, ça nous donne un look **SUPER COOL.**

J'aime bien l'idée d'avoir des tableaux sur les murs, mais s'ils sont **TROP RÉALISTES** on risque de les confondre avec **UNE FENÊTRE OUVERTE** et de tenter d'y passer la tête.

CID ! CID !

Pour éviter ça, j'ajoute **UNE LICORNE** dans chaque tableau, parce que **JE SAIS À COUP SÛR QU'IL N'Y A AUCUNE LICORNE DANS MON JARDIN.**

J'inscris aussi en travers de tous mes tableaux **« CECI N'EST PAS UNE FENÊTRE »** pour un surplus de sécurité.

On va commencer la visite par le rez-de-chaussée, seule partie où l'on puisse aller, car **J'AI SUPPRIMÉ L'ESCALIER IL Y A QUELQUE TEMPS.**

Bien sûr, ça veut dire qu'on ne peut pas monter au premier **MAIS ÇA VEUT DIRE AUSSI QU'ON NE RISQUE PAS DE TOMBER.**

Je ne me fie pas non plus aux rayonnages **(ILS PEUVENT TOMBER EUX AUSSI)** donc je range tout à même le sol.

Ce qui encombre pas mal l'espace.

MA CHAMBRE

Une erreur très répandue, c'est de se croire à l'abri du danger une fois dans son lit. On a fait tout ce qu'il y avait à faire, et on peut maintenant s'allonger et se détendre, sécurisé de savoir que plus rien de fâcheux ne peut se produire.

NON !

NON !

NON !

NON !

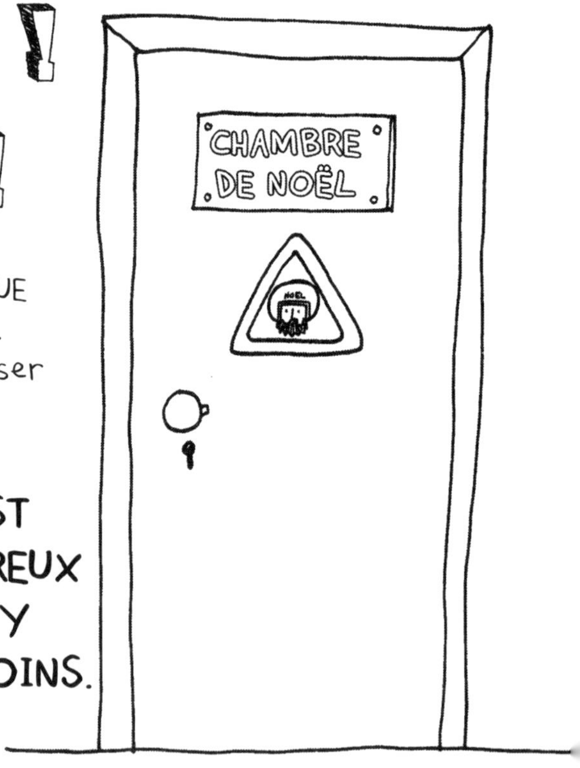

VOUS ÊTES PRESQUE UN DPJ (Niveau 1). Impossible de penser comme ça !

LE DANGER EST MAXI DANGEREUX QUAND ON S'Y ATTEND LE MOINS.

Le simple fait d'être allongé ne garantit pas qu'on ne peut pas tomber. **LE LIT PEUT S'EFFONDRER** ou, pire encore, on peut en tomber sur son caillou de compagnie.

(FINI DE RIRE POUR VOUS DEUX.)

Le lit idéal n'a pas la forme d'un lit. Il est plus près du sol et a des montants rigides pour prévenir toute chute. Idéalement, il est aussi étanche et en forme de bateau pour permettre de flotter en cas d'inondation/coulée de lave.

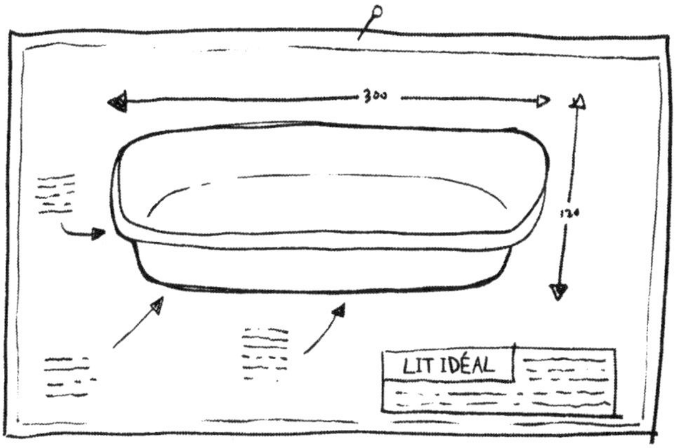

EXACT ! LE LIT IDÉAL EST UNE BAIGNOIRE.

Ça fait dix ans que je dors dans ma baignoire.
On s'habitue à sa dureté au bout de cinq ans.

ET ON A PEU DE CHEMIN À FAIRE POUR SE BROSSER LES DENTS LE MATIN.

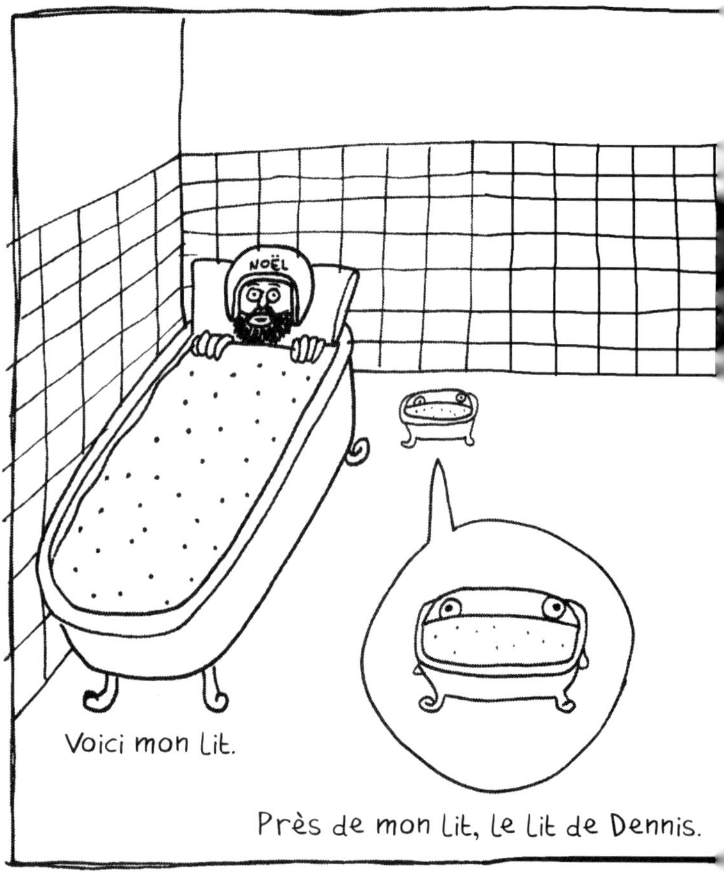

Oh.
Juste à côté, les WC.

O.K.,

J'AVOUE !

C'EST MOI QUI AI PRIS LE NAIN DE GRETEL !

Mais si je l'ai pris, c'est parce que le bulletin météo annonçait de la neige !

ELLE AURAIT PU TRÉBUCHER SUR LUI ET SE CASSER LE BRAS, comme ça m'est arrivé à moi !

Je l'aurais remis en place à la fin de l'hiver si la femme-flic ne m'avait pas dit que je n'avais plus le droit d'entrer dans le jardin de mes voisins !

Ah, Gretel, je ne savais plus quoi faire !

Mais je m'en occupe très bien.

JOYEUX ANNIVERSAIRE, M. CHOMSKY !
NOËL

Donc, si jamais tu lis ces lignes, appelle-moi STP, et je te le rendrai.

On pourrait alors peut-être prendre un thé ou un café ensemble ?
Enfin, ces deux boissons seraient un peu trop chaudes pour moi, mais peut-être qu'on pourrait aller dans le parc où je pourrais verser mon thé ou mon café sur le toboggan, puis le boire ensuite, assis sur le balansofa.

Je n'ai encore jamais fait ça, mais je t'ai écrit un poème.

Bonjour, Gretel. Je ne t'ai jamais saluée,
Mais j'en ai envie depuis une éternité,
Puisque j'habite la maison d'à côté
Et que mes choux chez toi, je vais acheter.

J'aurais aimé avoir du courage assez
Pour venir un jour te visiter
Et te dire que super je t'ai toujours trouvée
Et m'excuser pour ton nain de jardinet.

Merci.

(Gretel, désolé.)

VOUS AVEZ RÉUSSI !

Enfilez maintenant votre chaise-pantalon et coiffez votre sombrero papetier car le moment est venu de passer

VOTRE EDDADDUDPJ.

BONNE CHANCE, EED !

DOCTER NOËL ZONE

~Présente~

EDDADDUDPJ

Examen **D**e **D**angérologie **A**fin **D**e **D**evenir
Un **D**angérologue **P**ur **J**us

- Il y a dix questions.

- Écrire sa réponse lisiblement sous chaque question ou cocher la case correspondante.

- On trouvera les réponses exactes en fin de volume – **ON NE TRICHE PAS.**

- **NOTE :** Se rappeler de retirer le chou de Bruxelles de sûreté de la pointe de son crayon/stylo.

1. En rentrant de l'école à pied, une **PANTHÈRE** vous barre le passage. Que faites-vous ?

(a) Vous essayez de vous enfuir. ☐

(b) Vous fouillez dans votre **BDSP**, sortez votre kit à bulles et commencez à souffler. ☐

(c) Vous criez **CEUAP** et vous mettez à danser. ☒

vrai

2. Vous êtes sur la plage et une grosse vague rejette un piano à queue sur le sable. Que faites-vous ?

(a) Vous vous précipitez pour jouer votre air préféré. ☐

(b) Vous restez à distance. vrai ☒

(c) Vous essayez d'allumer un feu de joie sur la plage. ☐

3. Pourquoi ne faut-il jamais porter un casque vert avec une combi marron ?

parce qu'un oiseau pourrai vous ~~com~~ confondre avec un arbre. vrai

4. Des chansons suivantes, quelles sont celles qu'il vaut mieux jouer pour se débarrasser d'un **SERPENT BROSSE À DENTS ?**

(a) « Only You. » ☐

(b) « You're Beautiful. » ☐

(c) « Dodo, l'enfant do. » vrai ☒

5. Estimez le temps qu'il faut pour faire griller une tranche de pain **EN TOUTE SÉCURITÉ.**

(a) Trois minutes. faux ☒

(b) Dix minutes. faux ☐

(c) Au moins trois heures. vrai ☐

6. Classez ces objets par ordre décroissant de **TRÈS DANGEREUX** à **SANS AUCUN DANGER.**

Choux vrai [3]

Balançoires du parc vrai [2]

Bicyclette vrai [1]

7. Comment dit-on : « Bonjour, je suis le Docter Noël Zone » à un pirate ?

(a) « Yôh, yôrrr yôrrr yôrrr Docter Noël Zone. » vrai [X]

(b) « Yôrrr, yôrrr, yôh, yôrrr Docter Noël Zone. » [ ]

(c) « Yôh, yôh yôh yôh Docter Noël Zone. » [ ]

8. Pourquoi n'a-t-on pas besoin d'offrir un cadeau d'anniversaire à son **PAPA** ?

parce que ce n'est pas son ~~pa~~ père mais un sifflet. vrai

9. Quel est le meilleur terme de **LPSDD** pour décrire un chou ?

(a) PDTD ~~faux~~ faux ☒

(b) ADCAI, CAPDDT et RED vrai ☐

(c) VAD ☐

10. Quel est le meilleur nombre d'invités à une fête d'anniversaire ?

(a) 50 ☐

(b) 17 ☐

(c) 1. Et cette personne, c'est Gretel. vrai ☒

Tournez la page maintenant pour découvrir
si vous allez devenir un

DOCTER.

RÉPONSES À L'EXAMEN DE DANGÉROLOGIE

1. (c) est la bonne réponse. Il faut crier « **CEUAP** » (« **C**eci **E**st **U**ne **A**lerte **P**anthère ») et se mettre à danser. Ce serait un moment idéal pour interpréter Le Parking des Cygnes.

2. (b) **IL FAUT RESTER À DISTANCE.** À l'oreille, ça m'a tout l'air d'un piano morse qui risque d'avoir envie de manger une **PQNEPEED** pour dîner.

3. Parce que oiseaux et écureuils peuvent vous confondre avec un arbre.

4. (c) **LE SERPENT BROSSE À DENTS** déteste les chansons d'amour.

5. (c) **ÇA PREND AU MINIMUM TROIS HEURES.**

6. Très dangereux : **LA BICYCLETTE.**

Encore très dangereux : **LES BALANÇOIRES.**

Pas du tout dangereux, et un excellent légume de compagnie : **LE CHOU.**

7. (a) **ÇA POURRAIT SAUVER VOTRE SORTIE SCOLAIRE.**

8. Parce que votre **PAPA** est un sifflet que vous portez autour du cou.

9. (b) Les choux sont délicieux, absolument pas dangereux, et sont aussi d'excellents légumes de compagnie.

10. (c) Ce serait la meilleure fête d'anniversaire de tous les temps.

Si vous n'avez pas répondu juste à toutes ces questions, j'ai bien peur que vous ne deviez revenir à la page 1 et **RELIRE CE LIVRE EN ENTIER.** Si vous avez dix bonnes réponses, vous pouvez tourner la page.

FÉLICITATIONS
NOËL

DDD (DIPLÔME DE DANGÉROLOGIE) Niveau 1

CECI CERTIFIE QUE

LE DOCTER ....

(inscrire son nom ici)

a atteint un excellent niveau de connaissances en
APPAeAAA, TTDTPETDAQ et
DANGÉROLOGIE GÉNÉRALE
et n'est plus une PQNEPEED ni un EED,
mais un DPJ (Niveau 1).

Vous pouvez désormais de plein droit
porter votre propre MD-DD.

Bonne chance pour GLDer, DUPDDer et
SAQINYACADLOTLMEQSQINYEAAer
et n'oubliez jamais qu'en tout temps

LE DANGER EST PARTOUT

Docter Noël Zone

DOCTER NOËL ZONE (Niveau 5)

Merci.

ATTENTION DANGER !

David → 

a été écrit avec
l'aide de mes voisins
DAVID O'DOHERTY
(pour les textes)
et **CHRIS JUDGE**
(pour les dessins).

 ← Chris

David O'Doherty est un auteur et acteur comique et participe régulièrement à des shows télévisés. Il a écrit deux pièces de théâtre pour enfants : dans l'une d'elles, il réparait sur scène, donc en direct, leurs bicyclettes.

Chris Judge est l'auteur-illustrateur primé de nombreux livres illustrés pour enfants. Parmi ses œuvres les plus récentes, on trouve les illustrations du dernier roman pour enfants de Roddy Doyle : *À la poursuite du grand chien noir*. Il a aussi passé une semaine dans un café à peindre sur des planches à pain des animaux dont l'existence est sujette à caution.

Ils se sont rencontrés à un concert d'un groupe où jouait Chris et dont David était fan. Ils vivent tous les deux à Dublin.

ENTREZ
DANS
LA ZONE DE DANGER

Pour plus d'**ADSDB**

(**A**stuces **D**e **S**écurité **D**e **B**ase)

et minimiser tout risque d'**UTTQVA**

(**U**n **T**ruc **T**errible **Q**ui **V**ous **A**rrive),

visitez le site

www.dangeriseverywhere.co.uk

Merci

Achevé d'imprimer en mai 2016
par Normandie Roto Impression s.a.s.
à Lonrai
N° d'impression : 1601389
Dépôt légal : mai 2016

Imprimé en France